GIORGIO
AGAMBEN

O homem
sem conteúdo

OUTROS LIVROS DA **FILÔ**

FILÔ

A alma e as formas
Ensaios
Georg Lukács

A aventura da filosofia francesa no século XX
Alain Badiou

Ciência, um Monstro
Lições trentinas
Paul K. Feyerabend

Em busca do real perdido
Alain Badiou

Do espírito geométrico e da arte de persuadir
e outros escritos de ciência, política e fé
Blaise Pascal

A ideologia e a utopia
Paul Ricœur

O primado da percepção e suas consequências filosóficas
Maurice Merleau-Ponty

A sabedoria trágica
Sobre o bom uso de Nietzsche
Michel Onfray

Se Parmênides
O tratado anônimo De Melisso Xenophane Gorgia
Barbara Cassin

A teoria dos incorporais no estoicismo antigo
Émile Bréhier

A união da alma e do corpo em Malebranche, Biran e Bergson
Maurice Merleau-Ponty

FILÔAGAMBEN

Bartleby, ou da contingência
Giorgio Agamben
seguido de Bartleby, o escrevente
Herman Melville

A comunidade que vem
Giorgio Agamben

O homem sem conteúdo
Giorgio Agamben

Ideia da prosa
Giorgio Agamben

Introdução a Giorgio Agamben
Uma arqueologia da potência
Edgardo Castro

Meios sem fim
Notas sobre a política
Giorgio Agamben

Nudez
Giorgio Agamben

A potência do pensamento
Ensaios e conferências
Giorgio Agamben

O tempo que resta
Um comentário à Carta aos Romanos
Giorgio Agamben

FILÔBATAILLE

O culpado
Seguido de A aleluia
Georges Bataille

O erotismo
Georges Bataille

A experiência interior
Seguida de Método de meditação e Postscriptum 1953
Georges Bataille

A literatura e o mal
Georges Bataille

A parte maldita
Precedida de A noção de dispêndio
Georges Bataille

Teoria da religião
Seguida de Esquema de uma história das religiões
Georges Bataille

Sobre Nietzsche
vontade de chance
Georges Bataille

FILÔBENJAMIN

O anjo da história
Walter Benjamin

Baudelaire e a modernidade
Walter Benjamin

Estética e sociologia da arte
Walter Benjamin

Imagens de pensamento
Sobre o haxixe e outras drogas
Walter Benjamin

Origem do drama trágico alemão
Walter Benjamin

Rua de mão única
Infância berlinense: 1900
Walter Benjamin

Walter Benjamin
Uma biografia
Bernd Witte

FILÔESPINOSA

Breve tratado de Deus, do homem e do seu bem-estar
Espinosa

Espinosa subversivo e outros escritos
Antonio Negri

Princípios da filosofia cartesiana e Pensamentos metafísicos
Espinosa

A unidade do corpo e da mente
Afetos, ações e paixões em Espinosa
Chantal Jaquet

FILÔESTÉTICA

O belo autônomo
Textos clássicos de estética
Rodrigo Duarte (Org.)

O descredenciamento filosófico da arte
Arthur C. Danto

Do sublime ao trágico
Friedrich Schiller

Íon
Platão

Pensar a imagem
Emmanuel Alloa (Org.)

FILÔMARGENS

O amor impiedoso
(ou: Sobre a crença)
Slavoj Žižek

Estilo e verdade em Jacques Lacan
Gilson Iannini

Interrogando o real
Slavoj Žižek

Introdução a Foucault
Edgardo Castro

Introdução a Jacques Lacan
Vladimir Safatle

Kafka
Por uma literatura menor
Gilles Deleuze
Félix Guattari

Lacan, o escrito, a imagem
Jacques Aubert, François Cheng, Jean-Claude Milner, François Regnault, Gérard Wajcman

O sofrimento de Deus
Inversões do Apocalipse
Boris Gunjević
Slavoj Žižek

Psicanálise sem Édipo?
Uma antropologia clínica da histeria em Freud e Lacan
Philippe Van Haute
Tomas Geyskens

ANTIFILÔ

A Razão
Pascal Quignard

FILŌAGAMBEN   **autêntica**

GIORGIO
AGAMBEN

O homem
sem conteúdo

2ª EDIÇÃO

2ª REIMPRESSÃO

TRADUÇÃO, POSFÁCIO E NOTAS Cláudio Oliveira

PREFÁCIO Gilson Iannini

Copyright © 1974 Giorgio Agamben

Copyright desta edição © 2012 Autêntica Editora

TÍTULO ORIGINAL
L'uomo senza contenuto

COORDENADOR DA COLEÇÃO FILÔ
Gilson Iannini

COORDENADOR DA SÉRIE FILÔ/AGAMBEN
Cláudio Oliveira

CONSELHO EDITORIAL
Gilson Iannini (UFMG); *Barbara Cassin*
(Paris); *Carla Rodrigues* (UFJR); *Cláudio
Oliveira* (UFF); *Danilo Marcondes* (PUC-Rio);
Ernani Chaves (UFPA); *Guilherme Castelo
Branco* (UFRJ); *João Carlos Salles* (UFBA);
Monique David-Ménard (Paris); *Olímpio
Pimenta* (UFOP); *Pedro Süssekind* (UFF);
Rogério Lopes (UFMG); *Rodrigo Duarte*
(UFMG); *Romero Alves Freitas* (UFOP); *Slavoj
Žižek* (Liubliana); *Vladimir Safatle* (USP)

EDITORA RESPONSÁVEL
Rejane Dias

TRADUÇÃO
Cláudio Oliveira

CAPA
*Alberto Bittencourt
(Sobre foto de Cláudio Oliveira)*

REVISÃO
Dila Bragança de Mendonça

PROJETO GRÁFICO DE CAPA E MIOLO
Diogo Droschi

DIAGRAMAÇÃO
Christiane Costa

Originalmente publicado por Rizzoli, Milão, 1974; reimpresso por Quodlibet, Roma, 1994.

Este título foi negociado através da Ute Körnet Literary Agent, S.L., Barcelona - www.uklitag.com, Agnese Incisa Agenzia Letteraria, Torino.

Todos os direitos reservados pela Autêntica Editora. Nenhuma parte desta publicação poderá ser reproduzida, seja por meios mecânicos, eletrônicos, seja via cópia xerográfica, sem a autorização prévia da Editora.

**Dados Internacionais de Catalogação na Publicação (CIP)
(Câmara Brasileira do Livro, SP, Brasil)**

Agamben, Giorgio
   O homem sem conteúdo / Giorgio Agamben ; tradução, notas e posfácio Cláudio Oliveira. -- 2. ed.; 2. reimp. -- Belo Horizonte : Autêntica Editora, 2017. -- (FILÔ/Agamben ; 2)

   Título original: L'uomo senza contenuto

   Bibliografia
   ISBN 978-85-65381-32-1

   1. Arte - Filosofia 2. Estética moderna - Século 20 3. Filosofia italiana - Século 20 I. Oliveira, Cláudio. II. Título. III. Série.

   12-04286   CDD-111.85

Índices para catálogo sistemático:
1. Estética : Agamben : Filosofia 111.85

ⓒ GRUPO AUTÊNTICA

Belo Horizonte	**Rio de Janeiro**	**São Paulo**
Rua Carlos Turner, 420	Rua Debret, 23, sala 401	Av. Paulista, 2.073,
Silveira . 31140-520	Centro . 20030-080	Conjunto Nacional, Horsa I
Belo Horizonte . MG	Rio de Janeiro . RJ	23º andar . Conj. 2310-2312 .
Tel.: (55 31) 3465 4500	Tel.: (55 21) 3179 1975	Cerqueira César . 01311-940
		São Paulo . SP
		Tel.: (55 11) 3034 4468

www.grupoautentica.com.br

A Giovanni Urbani,
como testemunho de amizade
e de reconhecimento.

9 **Prefácio**
Gilson Iannini

12 **Nota do tradutor**

15 **I. A coisa mais inquietante**

27 **II. Frenhofer e o seu duplo**

35 **III. O homem de gosto e a dialética da dilaceração**

57 **IV. A câmara das maravilhas**

73 **V. *Les jugements sur la poésie ont plus de valeur que la poésie***

91 **VI. Um nada que nadifica a si mesmo**

101 **VII. A privação é como um rosto**

115 **VIII. *Poíesis* e *prâxis***

153 **IX. A estrutura original da obra de arte**

167 **X. O anjo melancólico**

185 **Posfácio**
Cláudio Oliveira

203 **Coleção FILÔ**

205 **Série FILÔ Agamben**

Prefácio

Gilson Iannini*

O homem sem conteúdo é o primeiro livro de Giorgio Agamben, publicado em 1970. Um dos eixos fundamentais do livro é a crítica do paradigma estético, ou melhor, a "crítica" do regime estético da obra de arte, ou, se quisermos ser ainda mais precisos: uma analítica da época estética da obra de arte. O livro toma como ponto de partida a célebre crítica feita por Nietzsche a Kant, principal figura que expressaria e formalizaria essa entrada da obra de arte na dimensão estética.

O adágio é conhecido de todos: o autor da *Crítica do juízo* teria, segundo Nietzsche, localizado a experiência estética toda do lado do espectador, fazendo eco ao surgimento recente da figura do homem de gosto. Este, o homem de gosto, é caracterizado por uma sensibilidade capaz de fruir e de julgar a obra de arte, mas, ao mesmo tempo, é incapaz de produzi-la. O espaço por excelência da arte na era da estética é o museu, onde o homem de gosto passeia, observa, julga. Esse espaço

---

* Professor do Departamento de Filosofia da UFOP. Antes de doutorar-se em Filosofia (USP), obteve um mestrado nessa área (UFMG) e outro em Psicanálise (Universidade Paris VIII). É psicanalista. Em Ouro Preto, implementou o programa de mestrado em Estética e Filosofia da Arte e foi editor da Revista *ARTEFILOSOFIA*. Coordena a coleção FILÔ.

assinalaria a constituição de uma esfera de autonomização da obra de arte, em que as obras começam a ser colecionadas e retiradas do espaço comum dos homens, perdendo sua relação originária com a esfera religiosa e política, em que seu sentido e sua verdade manifestavam-se de outra maneira. Perde-se a unidade originária da obra de arte, fragmentada agora em uma subjetividade artística sem conteúdo, por um lado, e no juízo estético desinteressado, por outro. O homem sem conteúdo seria agora o artista, que perde justamente a concretude da obra de arte, para ele cada vez mais inatingível. Hegel teria chamado a isso de morte da arte[1].

Por sua vez, Nietzsche procuraria pensar uma arte para artistas; uma arte, de alguma forma, fora do regime da apreciação desinteressada. Ora, a arte interessada é também o campo do perigo, do terror, como mostram artistas como Artaud e Rimbaud. Para Agamben, trata-se de mostrar como o destino da arte na cultura europeia, ou, mais rigorosamente, o estatuto da obra de arte na época estética, assinala o lugar do homem na história. O problema acaba abrindo uma discussão no campo da política, pois não se trata apenas de refletir acerca do estatuto da obra de arte, mas de como a mudança desse estatuto impacta o próprio homem, o próprio "fazer" humano em seu conjunto, na medida em que uma das características da modernidade seria a redução da *poíesis* à práxis, a perspectiva de que tudo, ao fim e ao cabo, reduz-se à práxis. Ao colocar essa questão, Agamben passa do problema da estética ao problema do lugar do homem na modernidade.

A *poíesis* é produção na presença, é o que permite que algo passe do não ser ao ser. No momento em que, na modernidade, toda a atividade humana é reduzida à esfera da práxis, perde-se uma distinção central do pensamento grego, que entende *poíesis*

---

[1] Sigo, nessas considerações, o excelente livro de Edgardo Castro *Introdução a Agamben: uma arqueologia da potência* (Autêntica, 2012), também incluído nesta coleção.

e práxis como dois gêneros distintos: a finalidade da *poíesis* é produzir algo diferente da própria produção; a finalidade da práxis é ela própria, já que ela não cria algo para além de si mesma. Desse modo, a *poíesis* está intimamente ligada à verdade, ao desvelamento na presença, ao passo que a práxis está ligada à vida, que Agamben chama, já em 1970, de "nua existência biológica" (p. 119). O que demonstra uma continuidade fundamental no pensamento do autor que, já no primeiro volume publicado da tetralogia intitulada *Homo sacer*, vai tornar célebre o conceito de "vida nua". Em outros termos, a reflexão de Agamben acerca da arte e da estética é condição para a correta compreensão dos rumos que seu pensamento político iria tomar.

Esse movimento fica mais claro a partir da segunda metade do livro, quando se trata de investigar a questão da relação do homem com a história. No contexto das sociedades modernas, caracterizadas não mais pela transmissibilidade da herança cultural, mas pela acumulação do passado, Agamben diagnostica "uma inadequação, um intervalo entre ato da transmissão e coisa a transmitir, e uma valorização dessa última independentemente da sua transmissão" (p. 174). Mas a ruptura da tradição, ao contrário do que poderia parecer, não implica, de modo algum, a desvalorização do passado, mas uma modificação de seu estatuto. Nesse contexto, como fica o homem? Segundo Agamben, o homem sem conteúdo conserva sua herança cultural e até mesmo multiplica o valor desta: no entanto, "ele perde [...] a possibilidade de extrair dela o critério da sua ação e da sua salvação" (p. 174).

Na esteira de Benjamin, o *Angelus Novus* de Paul Klee figura o Anjo da História, de costas para o futuro e com o olhar fixo nas ruínas do passado; mas, a este, Agamben opõe o Anjo da Arte, essa melancólica criatura alada da gravura de Dürer, que, imóvel, olha pra frente. Ambos, conclui, são inseparáveis. Por isso, a estética não é apenas o lugar reservado à arte pela sensibilidade moderna, mas o destino da arte na época em que "o homem não consegue mais encontrar entre passado e futuro o espaço do presente" (p. 179).

PREFÁCIO

Nota do tradutor

A tradução da obra de Giorgio Agamben em geral, e em especial de uma obra como *O homem sem conteúdo*, apresenta uma dificuldade imediata para o tradutor: a extensa citação, feita pelo autor, de obras de filosofia, literatura, história, etc., dos mais diversos períodos históricos, nas mais diversas línguas, na maior parte das vezes citadas em sua edição original e traduzidas diretamente pelo autor (conhecido por sua erudição e poliglotismo). Acrescente-se a essa dificuldade o fato de Agamben não ser um autor acadêmico e tomar, frente às citações que faz, a mais vasta liberdade, dando-se o direito inclusive de não dar delas nenhuma referência bibliográfica ou apenas referências bastante incompletas. Fazem-se necessárias aqui duas decisões. Manter as traduções de Agamben ou buscar traduções já publicadas em português das passagens citadas? Manter ou não o caráter não acadêmico das citações? Em nossa tradução decidimos: traduzir a tradução que Agamben dá de todas as passagens citadas, mesmo que, em nota, nos refiramos às edições brasileiras ou portuguesas das obras sempre que elas existirem; dar, sempre que possível, as referências bibliográficas das passagens citadas, mesmo quando elas não existirem na edição italiana original, ou complementá-las, quando elas existirem, mas apresentarem lacunas e imprecisões. Tais referências bibliográficas são dadas, na presente edição, através de notas de rodapé, junto com as notas do próprio autor. As referências bibliográficas acrescentadas pelo tradutor se diferenciam das notas do autor por serem marcadas ao final com a designação (N.T.), tornando claro que aquela nota não existe no original mas apenas na tradução brasileira. Quanto às informações acrescentadas às notas do autor, e já existentes na edição original, elas se encontram sempre entre colchetes, marcando que o texto foi acrescentado pelo tradutor.

Ambas as decisões foram tomadas não sem hesitação. Quanto à decisão de traduzir as traduções de Agamben, achamos que deveríamos valorizar o fato de o filósofo italiano traduzir a maior parte das obras que cita, pois, muito frequentemente, nas próprias traduções que dá dessas passagens, já se antecipa a interpretação que dará delas. Fomos fiéis a esse princípio na maior parte das passagens citadas e sempre marcamos em nota, quando fizemos qualquer modificação na tradução de Agamben, caso de algumas citações de Kant e Aristóteles. Esse procedimento ampliou, em muito, o trabalho desta tradução, pois em várias ocasiões foi necessário recorrer ao texto original citado (em várias línguas diferentes) para entender o sentido da tradução agambeniana.

Quanto à decisão de dar referências bibliográficas de passagens citadas das quais o próprio Agamben não oferecia nenhuma ou de completá-las, quando elas apresentavam lacunas ou imprecisões, a decisão foi ainda mais difícil, pois julgávamos, com isso, que poderíamos estar dando um caráter excessivamente acadêmico para um autor que não possui tal característica. Se tomamos a decisão, ao final, de completar, com informações que faltavam à edição italiana original, as referências bibliográficas existentes e dar, para algumas passagens citadas, referências bibliográficas inexistentes no original, foi com o intuito de ajudar o leitor brasileiro a encontrar as obras citadas. Esse procedimento igualmente ampliou, em muito, o trabalho do tradutor, que foi forçado a fazer uma extensa pesquisa sobre traduções brasileiras e portuguesas das obras citadas em *O homem sem conteúdo*. Sempre que encontradas, elas foram citadas nas notas de rodapé, ou nas notas do tradutor (N.T.), ou entre colchetes, nas notas do autor.

Neste último trabalho de localização das referências bibliográficas não existentes ou incompletas no original italiano, foi de grande auxílio a tradução americana de Giorgia Albert, publicada pela Standford University Press. Quanto à busca de traduções brasileiras ou portuguesas das obras citadas, foram de ajuda inestimável os amigos consultados, pelo que lhes agradeço.

CAPÍTULO PRIMEIRO
A coisa mais inquietante

Na terceira dissertação sobre a *Genealogia da moral*, Nietzsche submete a definição kantiana do belo como prazer desinteressado a uma crítica radical:

> Kant – ele escreve – achava que estava honrando a arte quando, entre os predicados do belo, concedeu uma posição privilegiada àqueles dos quais o conhecimento se orgulha: a impessoalidade e a universalidade. Este não é o lugar para examinar se isso não foi um erro capital; quero apenas fazer notar que Kant, como todos os filósofos, em vez de considerar o problema estético fundando-se na experiência do artista (do criador), meditou sobre a arte e o belo apenas como *espectador* e, insensivelmente, introduziu o espectador no conceito de *beleza*. Se, ao menos, esse *espectador* tivesse sido suficientemente conhecido pelos filósofos do belo! – se tivesse sido para eles um fato pessoal, uma experiência, o resultado de uma quantidade de vivências originais e sólidas, de desejos, de surpresas, de arrebatamentos no território do belo! Mas foi sempre – temo – exatamente o contrário: de modo que, do início ao fim, eles nos dão definições nas quais, como na célebre definição do belo de Kant, há uma falta de uma sutil experiência pessoal que se assemelha muito ao grande verme do erro fundamental. O belo, diz Kant, é aquilo que

agrada sem que a isso se misture o interesse. Sem interesse! Comparem com essa definição esta outra, que pertence a um verdadeiro *espectador* e a um artista, a Stendhal, que certa vez chamou a beleza de *uma promessa de felicidade*. Em todo caso, encontramos aqui refutado e posto de lado exatamente aquilo que, segundo Kant, dá a particularidade do estado estético: *le désintéressement*. Quem tem razão? Kant ou Stendhal? Se os nossos professores de estética lançam incessantemente na balança, a favor de Kant, a afirmação de que, sob o fascínio da beleza, se pode olhar, de modo *desinteressado*, até uma estátua feminina nua, ser-nos-á permitido rir um pouco às suas custas: as experiências dos artistas, quanto a esse ponto delicado, são, pelo menos, *mais interessantes*, e Pigmaleão não era necessariamente um homem *inestético*[1].

A experiência da arte que, nessas palavras, vem à linguagem não é de modo algum, para Nietzsche, uma *estética*. Ao contrário, trata-se exatamente de purificar o conceito de "beleza" da αἴσθησις, da sensibilidade do espectador, para considerar a arte do ponto de vista do seu criador. Essa purificação é realizada através de uma inversão da perspectiva tradicional sobre a obra de arte: a dimensão da esteticidade – a apreensão sensível do objeto belo pelo espectador – cede o lugar à experiência criativa do artista, que vê na própria obra apenas *une promesse de bonheur*[2]. Na "hora da sombra mais curta", tendo alcançado o limite extremo do seu destino, a arte sai do horizonte neutro da esteticidade para se reconhecer na "esfera de ouro" da vontade de potência. Pigmaleão[3],

---

[1] NIETZSCHE, Friedrich. *Zur Genealogie der Moral. Dritte Abhandlung: Was bedeuten asketische Ideale?*, §6. [Ed. bras.: *Genealogia da moral: uma polêmica*. Tradução, notas e posfácio de Paulo César de Souza. São Paulo: Companhia das Letras, 1998. Terceira Dissertação, 6. p. 93-94.]

[2] Em francês, no original. Tradução: "uma promessa de felicidade". (N.T.)

[3] Segundo Ovídio, Pigmaleão era um escultor e rei de Chipre, que se apaixonou por uma estátua que esculpira ao tentar reproduzir a mulher ideal (OVÍDIO. *Metamorfoses*, 243). (N.T.)

o escultor que se inflama pela própria criação até desejar que ela não pertença mais à arte, mas à vida, é o símbolo dessa rotação da ideia de beleza desinteressada, como denominador da arte, àquela de felicidade, isto é, à ideia de um ilimitado crescimento e potenciação dos valores vitais, enquanto o ponto focal da reflexão sobre a arte se desloca do espectador desinteressado para o artista interessado.

Ao pressentir essa mudança, Nietzsche tinha sido, como de hábito, bom profeta. Se confrontarmos aquilo que ele escreve na terceira dissertação sobre a *Genealogia da moral* com as expressões das quais se serve Artaud, no prefácio a *Le théatre et son double*, para descrever a agonia da cultura ocidental, nota-se, exatamente sobre esse ponto, uma surpreendente coincidência de visões. "Ce qui nous a perdu la culture", escreve Artaud, "c'est notre idée occidentale de l'art... A notre idée inerte et désintéressée de l'Art, une culture authentique oppose une idée magique et violemment égoiste, c'est à dire intéressée"[4]. Em certo sentido, a ideia de que a arte não seja uma experiência desinteressada tinha sido, em outras épocas, perfeitamente familiar. Quando Artaud, em *Le théatre et la peste*[5], recorda o decreto de Cipião Nasica, o pontífice máximo que mandou derrubar os teatros romanos, e a fúria com a qual Santo Agostinho se lança contra os jogos cênicos, responsáveis pela morte da alma, há, nas suas palavras, toda uma nostalgia que um espírito como o seu, que pensava que o teatro tivesse valor apenas "par une liaison magique, atroce,

---

[4] ARTAUD, Antonin. *Le theatre et son double*. In: *Oeuvres complètes*, t. IV, p. 15. [A passagem é citada em francês no original. Tradução: "O que nos fez perder a cultura foi nossa ideia ocidental da arte... À nossa ideia inerte e desinteressada da Arte, uma cultura autêntica opõe uma ideia mágica e violentamente egoísta, isto é, interessada". Ed. bras.: *O teatro e seu duplo*. São Paulo: Martins Editora, 2006. p. 4.]

[5] Ed. bras.: ARTAUD, Antonin. *O teatro e a peste*. In: *O teatro e seu duplo*. São Paulo: Martins Editora, 2006. (N. T.)

avec la réalité et le danger"[6], devia sentir por uma época que tinha uma ideia tão concreta e interessada do teatro para julgar necessária – para a saúde da alma e da cidade – a sua destruição. É supérfluo recordar que hoje seria inútil buscar ideias semelhantes até mesmo entre os censores; mas não será talvez inoportuno fazer notar que a primeira vez que algo de semelhante a uma consideração autônoma do fenômeno estético faz a sua aparição na sociedade europeia medieval é na forma de uma aversão e repugnância em relação à arte, nas instruções daqueles bispos que, frente às inovações musicais da *ars nova*[7], vetavam a modulação do canto e a *fractio vocis* durante os ofícios religiosos, porque, com o seu fascínio, distraíam os fiéis. Entre os testemunhos a favor de uma arte interessada, Nietzsche pôde, assim, citar uma passagem da *República* de Platão, que é repetida frequentemente quando se fala de arte sem que a atitude paradoxal que nela encontra expressão tenha, por isso, se tornado menos escandalosa para um ouvido moderno. Platão, como se sabe, vê no poeta um elemento de perigo e de ruína para a cidade: "Se um tal homem", ele escreve, "aparecer na nossa cidade para se apresentar em público e recitar as suas poesias, nós nos prosternaremos diante dele como diante de um ser sagrado, maravilhoso e encantador; mas lhe diremos que, na nossa cidade, não há lugar para homens como ele e, depois de ter-lhe coberto a cabeça com perfumes e tê-lo coroado com grinaldas, o mandaremos para

---

[6] Em francês, no original. Tradução: "por uma ligação mágica, atroz, com a realidade e o perigo". (N. T.)

[7] *Ars nova* foi o nome dado a um novo método de notação musical, *ars nova notandi;* o método propiciou o desenvolvimento de um novo estilo musical, que acabou por receber o mesmo nome, vigorando no século XIV, especialmente na França e na Itália. Suas principais distinções formais e estéticas em relação à fase anterior apareceram nos campos do ritmo, da harmonia e da temática, sendo privilegiados os gêneros de música profana; também foram criadas ou se popularizaram várias estruturas novas de composição, como o moteto e o madrigal. (N. T.)

uma outra cidade"[8], porque, "em termos de poesia", Platão acrescenta com uma expressão que faz estremecer a nossa sensibilidade estética, "só se deve admitir na cidade os hinos aos deuses e o elogio dos homens de bem"[9].

Mas, mesmo antes de Platão, uma condenação ou ao menos uma suspeita em relação à arte já tinha sido expressa na palavra de um poeta e ao fim do primeiro estásimo da *Antígona* de Sófocles. Após haver caracterizado o homem, enquanto possui a τέχνη (isto é, no amplo significado que os gregos davam a essa palavra, a capacidade de pro-duzir, de levar uma coisa do não ser ao ser), como aquilo que há de mais inquietante, o coro prossegue dizendo que esse poder pode conduzir tanto à felicidade quanto à ruína e conclui com um voto que faz lembrar o banimento platônico:

---

[8] PLATÃO. *República*, 398a. Platão diz, mais precisamente: "Se um homem capaz de assumir todas as formas e de imitar todas as coisas...". Na *República*, o alvo de Platão é, de fato, a poesia imitativa (isto é, aquela que, através da imitação das paixões, busca suscitar as mesmas paixões no espírito dos ouvintes) e não a poesia simplesmente narrativa (διήγησις). Não se compreende, em particular, o fundamento do tão discutido ostracismo imposto por Platão aos poetas se não se conecta isso com uma teoria das relações entre linguagem e violência. O seu pressuposto é a descoberta de que o princípio – que na Grécia tinha sido tacitamente tomado como verdadeiro até o surgimento da Sofística –, segundo o qual a linguagem excluía de si toda possibilidade de violência, não era mais válido, e que, ao contrário, o uso da violência era parte integrante da linguagem poética. Uma vez feita essa descoberta, era perfeitamente consequente da parte de Platão estabelecer que os gêneros (e por fim os ritmos e os metros) da poesia deviam ser vigiados pelos guardiões do estado.

É curioso notar que a introdução da violência na linguagem, observada por Platão na época do considerado "Iluminismo grego", volta a ser observada (e por fim conscientemente projetada pelos escritores libertinos) no fim do século XVIII, contemporaneamente ao Iluminismo moderno, como se o propósito de "iluminar" as consciências e a afirmação da liberdade de opinião e de palavra fossem inseparáveis do recurso à violência linguística.

[9] PLATÃO. *República*, 607a.

Que da minha lareira não se torne íntimo
Nem partilhe os meus pensamentos
Aquele que leva a cabo tais coisas[10].

Edgar Wind observou que, se a afirmação de Platão nos surpreende tanto, é porque a arte não exerce mais sobre nós a mesma influência que tinha sobre ele[11]. Somente porque a arte saiu da esfera do *interesse* para se tornar simplesmente *interessante*, ela encontra junto a nós uma acolhida tão boa. Em um esboço escrito por Musil em uma época na qual não tinha ainda claro em mente o desenho definitivo do seu romance, Ulrich (que aparece aqui ainda com o nome Anders), entrando na sala em que Agathe está tocando o piano, sente um obscuro e incontrolável impulso que o impele a disparar alguns tiros de pistola contra o instrumento que difunde na casa uma harmonia tão "desolado-ramente" bela; e é provável que, se tentássemos interrogar até o fundo a pacífica atenção que, ao contrário, costumamos reservar à obra de arte, acabaríamos por concordar com Nietzsche, que pensava que o seu tempo não tinha nenhum direito de dar uma resposta à pergunta de Platão acerca da influência moral da arte, porque "mesmo que tivéssemos a arte – onde temos a influência, uma influência qualquer que seja da arte?"[12].

Platão, e o mundo grego clássico em geral, tinham da arte uma experiência muito diferente, que tem muito pouco a ver com o desinteresse e com a fruição estética. O poder da arte sobre o espírito lhe parecia tão grande que ele pensava que ela poderia, sozinha, destruir o próprio fundamento da sua cidade;

---

[10] SÓFOCLES. *Antígona*, v. 372-375. Para a interpretação do primeiro coro da *Antígona*, cf. HEIDEGGER, Martin. *Einführung in die Metaphysik* (1953), p. 112-23. [Ed. bras.: *Introdução à metafísica*. Tradução de Emmanuel Carneiro Leão. Rio de Janeiro: Tempo Brasileiro, 1987. p. 170-186.]

[11] WIND, Edgar. *Art and Anarchy* [New York: Knop,] (1963), p. 9. [Consta tradução para o espanhol desta obra: *Arte y Anarquia*. Taurus, 1986.]

[12] NIETZSCHE, Friedrich. *Humano, demasiado humano*, aforismo 212. [Ed. bras.: *Humano, demasiado humano*. Tradução de Paulo César de Souza. São Paulo: Companhia das Letras, 2000.]

e, todavia, se ele era constrangido a bani-la, o fazia, mas apenas a contragosto, "ὡς ξύνισμέν γε ἡμῖν αὐτοῖς κηλουμένοις ὑπ᾽αυτῆς", "porque temos consciência do fascínio que ela exerce sobre nós"[13]. A expressão que ele usa quando quer definir os efeitos da imaginação inspirada é θεῖος φοβός, "terror divino", uma expressão que nos parece indubitavelmente pouco adequada para definir a nossa reação de espectador benevolente, mas que se encontra sempre com mais frequência, a partir de um certo momento, nas notas nas quais os artistas modernos buscam fixar a sua experiência da arte.

Parece, de fato, que, paralelamente ao processo através do qual o espectador se insinua no conceito de "arte" para confiná-la no τόπος οὐράνιος da esteticidade, do ponto de vista do artista, assistimos a um processo oposto. A arte – para aquele que a cria – torna-se uma experiência cada vez mais inquietante, a respeito da qual falar de interesse é, para dizer o mínimo, um eufemismo, porque aquilo que está em jogo não parece ser de modo algum a produção de uma obra bela, mas a vida ou a morte do autor ou, ao menos, a sua saúde espiritual. À crescente inocência da experiência do espectador frente ao objeto belo, corresponde a crescente periculosidade da experiência do artista, para o qual a *promesse de bonheur* da arte torna-se o veneno que contamina e destrói a sua existência. Impõe-se a ideia de que um risco extremo esteja implícito na atividade do artista, quase como se ela, como pensava Baudelaire, fosse uma espécie de duelo até a morte "où l'artiste crie de frayeur avant d'être vaincu"[14]; e, para provar quão pouco essa ideia é simplesmente uma metáfora entre outras que formam as *properties* do *literary histrio*[15], bastam as palavras de Hölderlin no

---

[13] PLATÃO. *República*, 607c.

[14] Em francês, no original. Tradução: "onde o artista grita de horror antes de ser vencido". (N.T.)

[15] Referência ao "histrião literário" descrito por Edgar Alan Poe em "A filosofia da composição". (N.T.)

limiar da loucura: "Temo que aconteça comigo o que aconteceu com o antigo Tântalo, ao qual os deuses concederam mais do que podia suportar..." e "posso muito bem dizer que Apolo me atingiu"[16]; e aquelas que se leem no bilhete que foi encontrado no bolso de Van Gogh no dia da sua morte: "Eh bien, mon travail à moi, j'y risque ma vie et ma raison y a fondré à moitié..."[17]. E Rilke, em uma carta a Clara Rilke: "As obras de arte são sempre o produto de um risco que se correu, de uma experiência levada até o extremo, até o ponto em que o homem não pode mais continuar"[18].

Outra ideia que encontramos, cada vez mais frequente entre as opiniões dos artistas, é que a arte é algo fundamentalmente perigoso não apenas para quem a produz, mas também para a sociedade. Hörderlin, nas notas em que procura condensar o sentido da sua tragédia inacabada, discerne uma estreita associação e quase uma unidade de princípio entre o desenfreamento anárquico dos agrigentinos e a poesia titânica de Empédocles; e, em um projeto de hino, parece considerar a arte como a causa essencial da ruína da Grécia:

> Porque eles queriam fundar
> um Império da arte. Mas, neste,
> eles perderam a terra natal,
> e, atrozmente,
> a Grécia, beleza suprema, arruinou-se[19].

---

[16] Segundo Giorgia Albert, tradutora de *O homem sem conteúdo* para o inglês, trata-se das cartas de Friedrich Hölderlin para Casmir Ulrich Böhlendorff (carta número 236, de 4 de dezembro de 1801, e número 240, de novembro de 1802 (?)). Há uma tradução americana das cartas: HÖLDERLIN, Friedrich. *Essays and letters on theory*. Tradução de Thomas Pfau. Albany: State University of New York Press, 1988, p. 151-152. (N.T.)

[17] Em francês, no original. Tradução: "Bem, meu trabalho, eu arrisco nele a minha vida e a minha razão se dissolveu nele pela metade..." (N.T.)

[18] Cf. RILKE, Rainer Maria. *Cartas sobre Cézanne*. Tradução e prefácio de Pedro Süssekind. Rio de Janeiro: 7Letras, 2006. (N.T.)

[19] HÖLDERLIN, Friedrich. *Sämtliche Werke*. Hg. von F. Beissner (Stuttgart, 1943), II, p. 228.

E é provável que, em toda a literatura moderna, não discordariam dele nem Monsieur Teste[20], nem Werf Rönne[21], nem Adrian Leverkühn[22], mas apenas um personagem que parece irremediavelmente de mau gosto como o Jean-Cristophe[23] de Rolland.

Tudo faz pensar, antes, que, se confiássemos hoje aos próprios artistas a tarefa de julgar se a arte deve ser admitida na cidade, eles, julgando segundo a sua experiência, estariam de acordo com Platão quanto à necessidade de bani-la.

Se isso é verdade, o ingresso da arte na dimensão estética – e a sua aparente compreensão a partir da αἴσθησις do espectador – não seria então um fenômeno tão inocente e natural como já estamos habituados a representá-lo. Talvez nada seja mais urgente – se quisermos colocar de verdade o problema da arte no nosso tempo – que uma *destruição* da estética que, desobstruindo o campo da evidência habitual, permita colocar em questão o sentido mesmo da estética enquanto ciência da obra de arte. O problema, porém, é se o tempo é maduro para uma semelhante *destruição*, e se ela não teria, ao contrário, como consequência simplesmente a perda de todo horizonte possível para a compreensão da obra de arte e o abrir-se, frente a esta, de um abismo que somente um salto radical poderia permitir superar. Mas talvez seja exatamente de uma tal perda e de um tal abismo que nós tenhamos necessidade, se quisermos que a obra de arte recupere a sua estatura original. E, se é verdade que é somente na casa em chamas que se torna visível pela primeira vez o problema arquitetônico fundamental, nós estamos talvez hoje em uma

---

[20] Personagem de *La soirée avec monsieur Teste* (1896), de Paul Valéry (1871-1945). (N.T.)

[21] Personagem de *Gehirne* (1916), de Gottfried Benn (1886-1956). (N.T.)

[22] Personagem de *Doktor Faustus* (1947), de Thomas Mann (1875-1955). (N.T.)

[23] Personagem de *Jean-Christophe*, romance publicado por Romain Rolland (1866-1944) em dez volumes de 1904 a 1912. (N.T.)

posição privilegiada para compreender o sentido autêntico do projeto estético ocidental.

Quatorze anos antes de Nietzsche publicar a terceira dissertação sobre a *Genealogia da moral*, um poeta, cuja palavra permanece inscrita como uma cabeça de Górgona no destino da arte ocidental, tinha pedido à poesia não para produzir obras belas nem para responder a um desinteressado ideal estético, mas para mudar a vida e abrir de novo para o homem as portas do Éden. Nessa experiência em que *la magique étude du bonheur*[24] obscurece qualquer outro desenho até se colocar como a fatalidade última da poesia e da vida, Rimbaud tinha se deparado com o Terror.

O embarque para Citera[25] da arte moderna devia, assim, levar o artista não à prometida felicidade, mas a medir-se com o Mais Inquietante, o divino terror que tinha impelido Platão a banir os poetas da sua cidade. Somente se entendida como momento terminal desse processo no curso do qual a arte se purifica do espectador para se reencontrar, adquire todo o seu enigmático sentido a invocação de Nietzsche no prefácio à *Gaia ciência*: "Ah, se vós pudésseis entender de verdade por que precisamente nós temos necessidade da arte..." mas "uma outra arte... uma arte para artistas, somente para artistas"[26].

---

[24] Em francês, no original. Tradução: "o mágico estudo da felicidade". Referência aos versos de *Ô saisons, ô châteaux*, de Rimbaud (1854-1891). (N.T.)

[25] Citera, ilha grega que faz parte das ilhas jônicas, no século XVIII foi uma referência para poetas e artistas que a consideravam um local idílico, propenso aos amantes. Referência ao quadro de Antoine Watteau (1684-1721), *O embarque para Citera*.

[26] NIETZSCHE, Friedrich. *La Gaia Scienza*. Ed. Italiana de Colli e Montinari (1965), p. 19 e 534. [Ed. bras.: *A gaia ciência*. Tradução, notas e posfácio de Paulo César de Souza. São Paulo: Companhia das Letras, 2001. p. 14.]

CAPÍTULO SEGUNDO

Frenhofer e o seu duplo

De que modo a arte, a ocupação mais inocente de todas, pode expor o homem ao Terror? Paulhan, nas *Fleurs de Tarbes*[1], partindo de uma ambiguidade fundamental da linguagem – para a qual, por um lado, há signos que caem sob os sentidos e, por outro, ideias associadas a esses signos de modo a serem imediatamente evocadas por eles –, distingue, entre os escritores, os Retóricos, que dissolvem todo o significado na forma e fazem desta a única lei da literatura, dos Terroristas, que se recusam a se dobrar a essa lei e perseguem o sonho oposto de uma linguagem que não seja mais que sentido, de um pensamento em cuja flama o signo se consuma inteiramente colocando o escritor diante do Absoluto. O Terrorista é misólogo e, na gota d'água que resta na ponta dos seus dedos, não reconhece mais o mar no qual acreditava ter se imergido; o Retórico olha, ao contrário, para as palavras e parece desconfiar do pensamento.

---

[1] PAULHAN, Jean. *Les fleurs de Tarbes ou La terreur dans les lettres*. Paris: Gallimard, 1990. (Collection Follio [Poche]). (N.T.)

Que a obra de arte seja outra coisa, diferente do que nela é simples coisa, é, por fim, óbvio demais, e é isso que os gregos exprimiam no conceito de alegoria: a obra de arte ἄλλο ἀγορεύει, comunica outra coisa, é outra em relação à matéria que a contém[2]. Mas há objetos – por exemplo, um bloco de pedra, uma gota d'água e, em geral, todas as coisas naturais – nas quais parece que a forma é determinada e quase apagada pela matéria, e outros – um vaso, uma enxada ou qualquer outro objeto produzido pelo homem – nos quais parece que é a forma que determina a matéria. O sonho do terror é a criação de obras que estejam no mundo como nele está o bloco de pedra ou a gota d'água, de um *produto* que exista segundo o estatuto da *coisa*. "Les chefs-d'oeuvre sont bêtes", escrevia Flaubert, "ils ont la mine tranquille comme les productions mêmes de la nature, comme les grands animaux et les montagnes"[3]; e Degas: "C'est plat comme la belle peinture"[4].

O pintor Frenhofer, em *A obra-prima desconhecida* de Balzac, é o tipo perfeito do Terrorista. Frenhofer buscou, por dez anos, criar sobre a tela algo que não fosse apenas uma obra de arte, mesmo que genial; como Pigmaleão, ele apagou a arte

---

[2] Cf. HEIDEGGER, Martin. *Der Ursprung des Kunstwerkes*. In: *Holzwege* (1950), p. 9. [Tradução portuguesa: *A origem da obra de arte*. In: *Caminhos de floresta*. Coordenação científica da edição e tradução de Irene Borges-Duarte. Lisboa: Fundação Calouste Gulbenkian, 2002. p. 11.]

[3] Em francês, no original. Tradução: "As obras-primas são tolas, elas têm o aspecto tranquilo, como as próprias produções da natureza, como os grandes animais e as montanhas". (N. T.)

[4] [Em francês, no original. Tradução: "É banal como a bela pintura".] Citado em VALÉRY, Paul. *Tel quel*, I, 11 [In: *Oeuvres*. Ed. Jean Hytier. Paris: Gallimard, 1960. v. 2. p. 474.] Uma análoga tendência para aquela que se poderia definir como a "platitude do absoluto" se reencontra na aspiração de Baudelaire em criar um lugar-comum: "*Créer un poncif, c'est le génie. Je dois créer un poncif*" (*Fusées XX*). [Em francês, no original. Tradução: "Criar um lugar-comum é a genialidade. Eu devo criar um lugar-comum". BAUDELAIRE, Charles. *Fusées*. In: *Oeuvres complètes*. Ed. Claude Pichois. Paris: Gallimard, 1975. v. 1. p. 662.]

com a arte para fazer da sua *Banhista* não um conjunto de signos e de cores, mas a realidade vivente do seu pensamento e da sua imaginação. "A minha pintura", ele diz aos seus dois visitantes, "não é uma pintura, é um sentimento, uma paixão! Nascida no meu estúdio, deve aqui permanecer virgem e só sair daqui coberta... Vocês estão diante de uma senhora, mas procuram um quadro. Há tanta profundidade nesta tela, a sua arte é tão verdadeira, que vocês não conseguem distingui-la do ar que os circunda. Onde está a arte? Perdida, desaparecida!"[5] Mas nessa busca de um sentido absoluto, Frenhofer conseguiu apenas obscurecer a sua ideia e apagar da tela toda forma humana, desfigurando-a em um caos de cores, de tons, matizes indecisos, "algo como uma névoa sem forma". Diante dessa muralha absurda de pintura, o grito do jovem Poussin: "mas cedo ou tarde deverá dar-se conta de que não há nada na tela", soa como um sinal de alarme diante da ameaça que o Terror começa a fazer pesar sobre a arte ocidental.

Mas observemos melhor o quadro de Frenhofer. Na tela, há apenas cores confusamente amontoadas e contidas por uma avalanche de linhas indecifráveis. Todo sentido se dissolveu, todo conteúdo desapareceu, com exceção da ponta de um pé que se destaca do resto da tela "como o torso de uma Vênus esculpida em mármore de Paros que surgisse entre as ruínas de uma cidade incendiada". A busca de um significado absoluto devorou todo significado para deixar sobreviver apenas signos, formas privadas de sentido. Mas, então, a obra-prima desconhecida não é, ao contrário, a obra-prima da retórica? É o sentido que apagou o signo ou é o signo que aboliu o sentido? Eis o Terrorista colocado em confronto

---

[5] BALZAC, Honoré de. *Le chef-d'oeuvre inconnu*. In: *La comédie humaine*. Paris: Furne, 1845. p. 14. Há duas traduções brasileiras dessa novela de Balzac: *A obra-prima desconhecida*, tradução de Silvina Rodrigues Lopes, Ed. Vendaval; e *A obra-prima ignorada*, tradução de José Teixeira Coelho Neto, Ed. Comunique, 2003. (N. T.)

com o paradoxo do Terror. Para sair do mundo evanescente das formas, ele não tem outro meio senão a própria forma; e quanto mais quer apagá-la, tanto mais deve se concentrar nela para torná-la permeável ao indizível que quer exprimir. Mas, nessa tentativa, ele acaba por se encontrar nas mãos apenas dos signos que, é verdade, passaram através do limbo do não sentido, mas que nem por isso são menos estranhos ao sentido que ele perseguia. Fugir da Retórica o conduziu ao Terror, mas o Terror o reconduz ao seu oposto, isto é, mais uma vez à Retórica. Assim, a misologia deve se transformar, invertendo-se, em filologia, e signo e sentido se perseguem em um perpétuo círculo vicioso.

O complexo significante/significado faz, de fato, tão indissoluvelmente parte do patrimônio da nossa linguagem, pensado como φονὴ σημαντική, som significante, que toda tentativa de superá-lo sem se mover, ao mesmo tempo, fora dos confins da metafísica, está condenada a cair de novo aquém do seu objetivo. A literatura moderna oferece, no fim das contas, demasiados exemplos desse destino paradoxal que vai ao encontro do Terror. O homem integral do Terror é, também, um *homme-plume*, e não é inútil recordar que um dos mais puros intérpretes do Terror nas letras, Mallarmé, foi também aquele que terminou por fazer do livro o universo mais perfeito. Artaud, nos últimos anos da sua vida, escreveu textos, *Suppôts et fragmentations*, nos quais tinha a intenção de dissolver integralmente a literatura em algo que tinha, outras vezes, chamado de teatro, no sentido em que os alquimistas chamavam de *Theatrum Chemicum* a descrição do itinerário espiritual deles, e do qual não nos avizinhamos nem um só palmo, quando pensamos no significado corrente que essa palavra tem na cultura ocidental. Mas o que produziu essa viagem para além da literatura, senão signos frente a cujo não sentido nós nos interrogamos, precisamente porque sentimos que, neles, nós nos aproximamos, até o fundo, do destino da literatura? Ao Terror que quer de fato se reduzir à sua coerência única, resta apenas o gesto de Rimbaud, com o qual, como disse Mallarmé, ele se operou em vida da poesia [*il s'opéra vivant de la poesie*]. Mas também nesse seu movimento extremo o paradoxo do Terror permanece presente. O que é, de fato, o mistério Rimbaud senão o ponto em que a literatura se une ao seu oposto, isto é, o silêncio? A glória de Rimbaud não se divide talvez, como observou corretamente Blanchot, entre os poemas que ele escreveu e aqueles que ele se recusou a escrever[6]? E não é essa, talvez, a obra-prima da retórica? Convém nos perguntarmos, então, se a oposição entre Terror e Retórica não esconde por acaso mais que uma reflexão vazia sobre um quebra-cabeça perene, e se a insistência com a qual a arte moderna permaneceu aferrada a ele não esconde atrás de si um fenômeno de outro gênero.

O que aconteceu com Frenhofer? Até o momento em que nenhum olho estranho tinha contemplado a sua obra de arte, ele não tinha duvidado um só instante do seu sucesso; mas bastou que, por um átimo, tenha olhado a tela com os olhos dos dois espectadores para que tenha sido constrangido a fazer sua a opinião de Porbus e de Poussin: "Nada! Nada! E ter trabalhado dez anos!"

Frenhofer se duplicou. Ele passou do ponto de vista do artista ao do espectador, da interessada *promesse de bonheur* à estética desinteressada. Nessa passagem, a integridade da sua obra se dissolveu. Não é, de fato, apenas Frenhofer que se duplicou, mas também a sua obra: assim como em certas combinações de figuras geométricas que, observadas a distância, adquirem uma disposição diferente, da qual não se pode voltar à precedente senão fechando os olhos, do mesmo modo

---

[6] BLANCHOT, Maurice. *Le sommeil de Rimbaud*. In: *La part du feu* (1959), p. 158. [Ed. bras: *A parte do fogo*. Tradução de Ana Maria Scherer. Rio de Janeiro: Rocco, 2011.]

ela apresenta alternativamente duas faces, que não é possível recompor em uma unidade: a face voltada para o artista é a realidade vivente na qual ele lê a sua promessa de felicidade; mas a outra face, aquela voltada para o espectador, é um conjunto de elementos sem vida que pode apenas se espelhar na imagem que dele devolve o juízo estético.

Essa duplicação entre a arte tal qual é vivida pelo espectador e a arte tal qual é vivida pelo artista é precisamente o Terror, e a oposição entre o Terror e a Retórica nos reconduz, assim, à oposição entre artistas e espectadores da qual partimos. A estética não seria, então, simplesmente a determinação da obra de arte a partir da αἴσθησις, da apreensão sensível do espectador; mas, nela, está presente, do início ao fim, uma consideração da obra de arte como *opus* de um particular e irredutível *operari*, o *operari* artístico. Essa dualidade de princípios, pela qual a obra é determinada ao mesmo tempo a partir da atividade do artista e da apreensão sensível do espectador, atravessa toda a história da estética, e é nela que são buscados o seu centro especulativo e a sua contradição vital. E estamos talvez agora em condição de nos perguntarmos o que Nietzsche tinha a intenção de dizer quando falava de uma arte para artistas. Isto é, trata-se simplesmente de um deslocamento do ponto de vista tradicional sobre a arte, ou não estamos, antes, em presença de uma mutação no estatuto essencial da obra de arte que poderia nos dar a razão do seu atual destino?

CAPÍTULO TERCEIRO

O homem de gosto e a dialética da dilaceração

Em torno da metade do século XVII, aparece na sociedade europeia a figura do *homem de gosto*, isto é, do homem que é dotado de uma particular faculdade, quase de um *sexto sentido* – como se começou a dizer então – que lhe permite colher o *point de perfection* que é característico de toda obra de arte.

Os *caracteres*, de La Bruyère, registram sua aparição como um fato doravante familiar; o que torna ainda mais difícil, para um ouvido moderno, perceber o que haveria de insólito nos termos com os quais é apresentado esse desconcertante protótipo do homem estético ocidental. "Il y a dans l'art", escreve La Bruyère, "um point de perfection, comme de bonté ou de maturité dans la nature: celui qui le sent et qui l'aime a le goût parfait; celui qui ne le sent pas, et qui aime au deçà ou au delà, a le goût défectueux. Il y a donc un bon et un mauvais goût, et l'on dispute des goûts avec fondement"[1].

---

[1] LA BRUYÈRE, Jean. *Les Caractères, ou les moeurs du siècle*, cap. I. *Des ouvrages de l'esprit*. [Citado em francês, no original. Tradução: "Há na arte um ponto de perfeição, como de bondade ou de maturidade na natureza: aquele que o sente e que o ama tem o gosto perfeito; aquele que não o sente e que ama aquém ou além [desse ponto] tem o gosto defeituoso. Há, portanto, um bom e um mau gosto, e disputamos sobre os gostos com fundamento".]

Para ter a dimensão de toda a novidade dessa figura, é necessário dar-se conta de que, ainda no século XVI, não existia uma clara linha de demarcação entre bom e mau gosto, e que interrogar-se, diante de uma obra de arte, sobre o correto modo de entendê-la não era uma experiência familiar nem mesmo para os refinados comitentes de Rafael ou de Michelangelo. A sensibilidade daquele tempo não fazia grande diferença entre as obras de arte sacra e os bonecos mecânicos, os *engins d'esbatement* e os colossais ornamentos centrais de mesas de banquete, repletos de autômatos e de personagens vivos, que deviam alegrar as festas dos príncipes e dos pontífices. Os mesmos artistas que nós admiramos pelos seus afrescos e suas obras-primas arquitetônicas se dedicavam também a trabalhos de decoração de todo gênero e à elaboração de projetos de mecanismos como aquele inventado por Brunelleschi, que representava a esfera celeste, circundada por duas fileiras de anjos, da qual um autômato (o arcanjo Gabriel) voava suspenso sustentado por uma máquina com a forma de amêndoa ou como os aparelhos mecânicos, restaurados e pintados por Melchior Broedernam, com os quais se borrifavam água e pó sobre os hóspedes de Filipe, o Bom. A nossa sensibilidade estética fica sabendo com horror que no castelo de Hesdin havia uma sala decorada com uma série de pinturas que representavam a estória de Jasão, na qual, para obter um efeito mais realístico, foram instalados mecanismos que produziam o raio, o trovão, a neve e a chuva, além de imitar os encantamentos de Medeia.

Mas quando, dessa obra-prima de confusão e de mau gosto, passamos a considerar mais de perto a figura do homem de gosto, nos damos conta, com surpresa, de que o seu aparecimento não corresponde, como poderíamos muito bem esperar, a uma mais ampla receptividade do espírito em relação à arte ou a um interesse maior por esta e que a mudança que se verifica não se resolve simplesmente em uma purificação da sensibilidade do espectador, mas envolve e põe em questão o próprio estatuto da obra de arte. O Renascimento tinha visto pontífices e grandes senhores darem tal lugar à arte em suas vidas a ponto de deixar de lado as ocupações de governo e a execução das suas obras; mas se lhes tivesse sido dito que o espírito deles era dotado de um órgão especial que era incumbido – com exclusão de qualquer outra faculdade da mente e de qualquer outro interesse sensual – da identificação e da compreensão da obra de arte, eles teriam provavelmente achado essa ideia tão grotesca quanto se tivesse sido afirmado que o homem respira não porque todo o seu corpo precisa disso, mas apenas para satisfazer os seus pulmões.

No entanto, é exatamente uma ideia desse gênero que começa a se difundir de modo cada vez mais decisivo na sociedade culta da Europa seiscentista; a própria origem da palavra parecia sugerir que, como havia um gosto mais ou menos são, da mesma forma poderia existir uma arte melhor ou pior; e na desenvoltura com a qual o autor de um dos numerosos tratados sobre o tema podia afirmar que "o vocábulo bom gosto, que vem daquele que nos alimentos discerne de modo são o bom sabor do ruim, corre nestes tempos pela boca de alguns e em matéria de letras humanas o atribuem a si mesmos", já está contida em germe a ideia que Valéry iria exprimir jocosamente quase três séculos depois, escrevendo que "le goût est fait de mille dégoûts"[2].

O processo que leva à identificação desse misterioso órgão receptivo da obra de arte poderia ser comparado ao fechamento de três quartos de uma objetiva fotográfica frente a um objeto excessivamente luminoso; e, se pensamos no ofuscante florescimento artístico dos dois séculos precedentes, esse parcial fechamento pode até mesmo aparecer como uma precaução necessária. À medida que a ideia de gosto se torna

---

[2] VALÉRY, Paul. *Tel quel*, I, 14. [In: *Oeuvres*. Ed. Jean Hytier. Paris: Gallimard, 1960. v. 2. p. 476. Citação em francês no original. Tradução: "O gosto é feito de mil desgostos".]

mais precisa e, com ela, o particular gênero de reação psíquica que levará ao nascimento daquele mistério da sensibilidade moderna que é o juízo estético, começa-se, de fato, a olhar a obra de arte (ao menos até que não esteja terminada) como um assunto de competência exclusiva do artista, cuja fantasia criativa não tolera nem limites nem imposições, ao passo que ao não artista resta apenas *spectare*, isto é, transformar-se em um *partner* sempre menos necessário e sempre mais passivo, ao qual a obra de arte se limita a fornecer a ocasião para um exercício de bom gosto. A nossa moderna educação estética nos acostumou a considerar normal essa atitude e a reprovar qualquer intrusão no trabalho do artista como uma indevida violação da sua liberdade; e, certamente, nenhum mecenas moderno ousaria se intrometer na concepção e na execução da obra encomendada como o cardeal Giulio de' Medici (que se tornou depois papa Clemente VII) se intrometeu naquela da Sacristia Nova de São Lourenço; todavia, sabemos que Michelangelo não apenas não se mostrou irritado, mas pôde, ao contrário, declarar a um aluno seu que Clemente VII tinha uma excepcional compreensão do processo artístico. Edgar Wind recorda, a esse propósito, que os grandes mecenas do Renascimento foram exatamente aquilo que nós acreditamos que um mecenas não deveria jamais ser, isto é, "parceiros incômodos e inábeis"[3]; mesmo assim, ainda em

---

[3] WIND, Edgar. *Art and Anarchy* (1963), p. 91. Ainda no século XV, a figura do comitente era tão estreitamente ligada à obra de arte que a muito poucos artistas podia vir à mente pintar sem uma comissão, simplesmente pela própria necessidade interior. Particularmente trágico é o caso do escultor borgonhês Claes van der Werve, que, por causa dos contínuos adiamentos a que João sem Medo submetia o projeto no qual o havia engajado, terminou, em uma espera improdutiva, uma carreira de artista iniciada brilhantemente (cf. HUIZINGA, [*L'Autunno del Medioevo*. Traduzione di Franco Paris. Newton Compton Editori, 2011.] p. 358). [Ed. bras.: *O outono da idade média*. Tradução de Francis Petra Janssen. São Paulo: Cosac Naify, 2010.]

1855, Burckhardt podia apresentar os afrescos da abóboda da capela Sistina não apenas como obra do gênio de Michelangelo, mas como um dom do papa Júlio II à humanidade: "este é o dom", ele escrevia no *Cicerone*[4], "a nós deixado pelo papa Júlio II. Alternando o estímulo e a docilidade, a violência com a bondade, ele conseguiu de Michelangelo aquilo que provavelmente mais ninguém poderia ter obtido. A sua lembrança permanecerá abençoada nos anais da arte".

Se, como o espectador moderno, o homem de gosto do século XVII considera, no entanto, uma prova de mau gosto o intrometer-se nisso que o artista compõe "por capricho e por gênio", isso significa, provavelmente, que a arte não ocupa na sua vida espiritual o mesmo lugar que ela ocupava naquela de Clemente VII ou Júlio II.

Frente a um espectador que, quanto mais refina o seu gosto, tanto mais se torna para ele semelhante a um espectro evanescente, o artista se move em uma atmosfera sempre mais livre e rarefeita, e começa a migração que, do tecido vivo da sociedade, o empurrará para a hiperbórea terra de ninguém da esteticidade, em cujo deserto buscará em vão o seu alimento e onde acabará por se assemelhar ao Catoblepas da *Tentação de S. Antônio*[5], que devora, sem se dar conta disso, as suas próprias extremidades.

Enquanto, de fato, vai se difundindo cada vez mais na sociedade europeia a equilibrada figura do homem de gosto, o artista entra em uma dimensão de desequilíbrio e de excentricidade, graças à qual, através de uma rápida evolução, chegará a justificar *l'idée reçue* que Flaubert registrava no seu

---

[4] III, Pittura del '500, Michelangelo. [BURCKHARDT, Jacob. *Il cicerone. Guida al godimento delle opere d'arte in Italia*. Tradução de P. Mingazzini, F. Pfister. Editora Sansoni, 1992.]

[5] Referência a *La Tentation de Saint Antoine* (1874), de Flaubert. Ed. bras.: FLAUBERT, Gustave. *As tentações de Santo Antão*. Tradução de Luis de Lima. São Paulo: Iluminuras, 2004. (N.T.)

Dicionário[6] junto ao termo "artistas": "s'étonner de ce qu'ils sont habillés comme tout le monde"[7]. Quanto mais o gosto procura libertar a arte de toda contaminação e de toda ingerência, tanto mais impura e noturna se torna a face que ela volta para aqueles que devem produzi-la; e não é certamente um acaso se, com o aparecimento, no curso do século XVII, do tipo do falso gênio, do homem obcecado pela arte mas mau artista, a figura do artista começa a lançar uma sombra da qual não será mais possível separá-la nos séculos futuros[8].

★★★

Também o homem de gosto, como o artista, tem a sua sombra, e é talvez esta que convém agora interrogar se queremos tentar de fato nos avizinhar do seu mistério. O tipo do homem

---

[6] A partir de 1850 Gustave Flaubert (1821-1880) começa a dar forma a seu "Dictionnaire des idées reçues", que ele chama também de "Catalogue des opinions chic" e que agrupa definições e aforismos de sua lavra. Uma maneira de debochar disso que se chamaria hoje o pensamento *prêt à porter*, as opiniões prontas. Esse dicionário, inacabado, só apareceu após a sua morte, em 1913. O *Dictionnaire* deveria ser integrado a *Bouvard et Pécuchet*. Há uma edição francesa do *Dicionário* integrado a *Bouvard et Pécuchet*: FLAUBERT, Gustave. *Bouvard et Pécuchet: Avec des fragments du second volume, dont le Dictionnaire des idées reçues*. Paris: Éditions Flammarion, 2011. Para a edição brasileira de *Bouvard et Pécuchet*: *Bouvard e Pécuchet*. Tradução de Marina Appenzeller. São Paulo: Estação Liberdade, 2007. (N.T.)

[7] Em francês, no original. Tradução: "espantar-se com o fato de que eles se vestem como todo mundo". (N.T.)

[8] Foi observado jocosamente que, sem a noção de "grande artista" (isto é, sem as distinções de qualidade entre artistas operadas pelo bom gosto), teria havido também menos maus artistas: "*La notion de grand poète a engendré plus de petits poètes qu'il en était raisonnablement à attendre des combinaisons du sort*" ["A noção de grande poeta engendrou mais pequenos poetas do que era razoavelmente de se esperar das combinações do azar"] (Valéry, *Tel quel*, I, 35). Já no fim do século XVI os teóricos da arte disputavam sobre quem era o artista maior entre Rafael, Michelangelo e Ticiano; Lomazzo, no seu *Tempo da pintura* (1590), resolvia ecleticamente o problema descrevendo a pintura ideal como pintada por Ticiano, sobre desenho de Michelangelo, segundo proporções estabelecidas por Rafael.

de *mauvais goût* não é uma figura de todo nova na sociedade europeia; mas no curso do século XVII, exatamente quando se vai formando o conceito de bom gosto, ela adquire um peso e um relevo tão particular que não devemos nos maravilhar se nos acontecer descobrir que o juízo de Valéry que citamos mais acima, segundo o qual *"le goût est fait de mille dégoûts"*, é entendido de um modo absolutamente inesperado, isto é, no sentido de que o *bom gosto é feito essencialmente do mau gosto*.

O homem de *mauvais goût*, como está implícito na definição de La Bruyère, não é simplesmente aquele que, por lhe faltar totalmente o órgão para recebê-la, é cego para a arte ou a despreza: tem *mauvais goût*, muito mais, quem ama "aquém ou além" do ponto justo e não sabe, distinguindo o verdadeiro do falso, colher o *point de perfection* da obra de arte. Molière nos deixou dele um retrato famoso no *Bourgeois gentilhomme*[9]: Monsieur Jourdain não despreza a arte nem se pode dizer que seja indiferente ao seu fascínio; ao contrario, o seu maior desejo é ser um homem de gosto e saber discernir o belo do feito, a arte da não arte; ele não é apenas, como dizia Voltaire, *"un bourgeois qui veut être homme de qualité"*[10], mas é também um *homme de mauvais goût*[11], que quer se tornar um *homme de goût*[12]. Esse desejo é já por si mesmo um fato bastante misterioso, porque não se vê bem como alguém que não tem gosto pode considerar o bom gosto como um valor;

---

[9] Ed. bras.: MOLIÈRE. *O burguês ridículo*. Tradução de José Almino. Adaptação de Guel Arraes e João Falcão. Rio de Janeiro: Sette Letras, 1996. Há uma tradução mais antiga: *O Tartufo; Escola de mulheres; O burguês fidalgo*. São Paulo: Abril Cultural, 1980. (N.T.).

[10] [Em francês, no original. Tradução: "um burguês que quer ser homem de qualidade"]. *Sommaires des pièces de Molière* (1765). [Voltaire, *Vie de Molière avec des petits sommaires de ses pièces*. Ed. Hugues Pradier. Paris: Gallimard, 1992. p. 65.]

[11] Em francês, no original. Tradução: "homem de mau gosto". (N.T.)

[12] Em francês, no original. Tradução: "homem de gosto". (N.T.)

mas aquilo que é mais surpreendente é que, na sua comédia, Molière parece considerar Monsieur Jourdain com uma certa indulgência, como se o seu ingênuo mau gosto lhe parecesse menos estranho à arte que a sensibilidade refinada, mas cínica e corrupta, dos mestres que deveriam educá-lo e dos *hommes de qualité*[13] que tentam enganá-lo. Rousseau, embora pensasse que Molière, na sua comédia, tomasse o partido dos *hommes de qualité*, tinha se dado conta de que, a seus olhos, o personagem positivo só podia ser Jourdain, e, na *Lettre à M. d"Alembert sur les spectacles*[14], escrevia: "J'entends dire qu'il (Molière) attaque les vices; mais je voudrais bien que l'on comparât ceux qu'il ataque avec ceux qu'il favorise. Quel est le plus blamable, d'un bourgeois sans esprit et vain qui fait sottement le gentilhomme, ou du gentilhommme fripon qui le dupe?"[15] Mas o paradoxo de Monsieur Jourdain é que ele não é apenas mais honesto do que os seus mestres, mas, de algum modo, é também mais sensível e aberto frente à obra de arte do que aqueles que deveriam ensiná-lo a julgá-la: esse homem tosco é atormentado pela beleza, esse iletrado que não sabe o que é a prosa tem tanto amor pelas letras que a simples ideia de que isso que ele diz seja de alguma maneira *prosa* é capaz de transfigurá-lo. O seu interesse, que não está em condição de julgar o seu objeto, é mais próximo da arte que aquele dos homens de gosto, que, frente às suas *petites lumières*, pensam que o seu dinheiro corrige os juízos do seu cérebro e que há discernimento no seu bolso. Estamos aqui em presença

---

[13] Em francês, no original. Tradução: "homens de qualidade". (N.T.)

[14] ROUSSEAU, Jean-Jacques. *Lettre à M. d'Alembert sur les spectacles*. Paris: Flammarion, 1993. (N.T.)

[15] Em francês, no original. Tradução: "Eu ouço dizer que ele (Molière) ataca os vícios; mas eu bem que gostaria que se comparasse aqueles que ele ataca com aqueles que ele favorece. Qual é o mais censurável, um burguês sem espírito e vaidoso que banca o cavalheiro de modo tolo ou o cavalheiro malandro que o engana?" (N.T.)

de um fenômeno muito curioso, que precisamente nesse momento começa a assumir proporções macroscópicas: isto é, parece que a arte prefere muito mais se dispor no molde informe e indiferenciado do mau gosto a se espelhar no precioso cristal do bom gosto. Tudo se passa, em suma, como se o bom gosto, permitindo, a quem tem o seu dom, perceber o *point de perfection* da obra de arte, terminasse, na realidade, por torná-lo indiferente a ela; ou como se a arte, entrando no perfeito mecanismo receptivo do bom gosto, perdesse aquela vitalidade que um mecanismo menos perfeito, mas mais interessado, consegue, no entanto, conservar.

E tem mais: mesmo que apenas por um instante o homem de gosto reflita sobre si mesmo, terá que se dar conta de que não apenas ele se tornou indiferente à arte, mas que, quanto mais o seu gosto se purifica, tanto mais a sua alma é espontaneamente atraída por tudo o que o bom gosto só pode reprovar, como se o bom gosto trouxesse em si a tendência a se perverter e a se degenerar no seu oposto. A primeira constatação daquilo que viria a se tornar um dos traços mais evidentemente contraditórios (mas nem por isso menos inobservados) da nossa cultura se encontra em duas surpreendentes cartas de Madame de Sevigné de 5 e 12 de julho de 1671; falando dos romances de intriga que começavam, justamente naquele momento, a se difundir em um público restrito, esta perfeita *femme de goût*[16] se pergunta como se pode explicar a atração que ela experimenta por obras de tão má qualidade: "Je songe quelque fois", ela escreve, "d'où vient la folie que j'ai pour ces sottises-là: j'ai peine à le comprendre. Vous vous souvenez peut-être assez de moi pour savoir à quel point je suis blessée des méchants styles; j'ai quelque lumières pour les bons, et personne n'est plus touchée que moi des charmes de l'éloquence. Le style de La Calprenède est maudit en mille endroits; de grands périodes de roman, de méchants mots; je

---

[16] Em francês, no original. Tradução: "mulher de gosto". (N.T.)

sens tout cela... Je trouve que celui (le style) de La Calprenède est détestable, et cependant je ne laisse pas de m'y prendre comme à de la glu: la beauté des sentiments, la violence des passions, la grandeur des événements et le succès miraculeux de leurs redoutables épées, tout cela m'entraîne comme une petite fille; j'entre dans leur dessin; et si je n'avais pas M. de La Rochefoucauld et M. d'Hacqueville pour me consoler, je me pendrais de trouver encore en moi cette faiblesse"[17].

Esse inexplicável *penchant* do bom gosto pelo seu oposto se tornou tão familiar ao homem moderno, que ele não fica mais nem mesmo surpreso com isso e não se pergunta mais (coisa que, no entanto, seria natural) como é possível que o seu gosto se divida entre objetos tão incompatíveis como as *Elegias a Duíno* e os romances de Jan Fleming, as telas de Cézanne e os *bibelots* em estilo floral. Quando Brunetière, dois séculos depois de Madame de Sevigné, volta a observar esse reprovável impulso do bom gosto, este se tornou, nesse meio-tempo, tão forte que o crítico, mesmo mantendo a distinção entre boa e má literatura, tem quase que fazer violência a si mesmo para não se ocupar exclusivamente desta última: "Quelle cruelle destinée est celle du critique! Tous les autres

---

[17] Em francês, no original. Tradução: "Eu às vezes fico pensando", ela escreve, "de onde vem a loucura que eu tenho por essas tolices: eu tenho dificuldade de entendê-lo. Você talvez se lembre o suficiente de mim para saber a que ponto eu sou suscetível aos maus estilos; eu tenho uma certa luz para os bons, e ninguém é mais tocada do que eu pelos charmes da eloquência. O estilo de La Calprenède é maldito em mil ocasiões; grandes períodos de romance, palavras ruins; eu sinto tudo isso... Eu acho que o (o estilo) de La Calprenède é detestável e, no entanto, eu não deixo de me prender a ele como a uma cola: a beleza dos sentimentos, a violência das paixões, a grandeza dos acontecimentos e o sucesso milagroso de suas formidáveis espadas, tudo isso me seduz como se eu fosse uma menina; eu entro no seu desenho; e se eu não tivesse M. de La Rochefoucauld e M. d'Hacqueville para me consolar, eu me enforcaria por encontrar ainda em mim essa fraqueza." SÉVIGNÉ, Marie (de Rabutin Chantal). *Carta a Madame de Grignan* de 12 de julho de 1671. In: *Lettres*. Ed. Gérard-Gailly. Paris: Gallimard, 1956. v. 1. p. 332. (N.T.)

hommes suivent les impulsions de leur goûts. Lui seul passe son temps à combattre le sien! S'il s'abandonne à son plaisir, une voix lui crie: malhereux, que fais-tu? Quoi! Tu pleures aux *Deux Gosses* et tu ris au *Plus heureux des trois*! Labiche t'amuse et Dennery t'émeut! Tu frédonnes du Béranger! Tu lis peut-être de l'Alexandre Dumas en cachette et du Soulié! Où sont tes principes, ta mission, ton sacerdoce?"[18].

Em suma, acontece com o homem de gosto um fenômeno semelhante àquele que Proust descrevia para o homem inteligente, o qual "d'être devenu plus intelligent crée des droits à l'être moins"[19]; e, como parece que a inteligência, superado um certo limite, tem necessidade da estupidez, do mesmo modo se pode dizer que o bom gosto, a partir de um certo nível de refinamento, não pode mais se privar do mau gosto. A existência de uma arte e de uma literatura de entretenimento vem hoje tão exclusivamente referida à sociedade de massa e estamos tão habituados a nos representá-la através da condição psicológica dos intelectuais que, na segunda metade do século XIX, foram testemunhas da sua primeira explosão, que esquecemos que, ao nascer, quando Madame de Sevigné descrevia o fascínio paradoxal nos romances de La Calprenède, ela era um fenômeno aristocrático e não popular; e os críticos da cultura de massa desenvolveriam certamente um trabalho

---

[18] [Em francês, no original. Tradução: "Que cruel destino é o do crítico! Todos os outros homens seguem os impulsos do seu gosto. Somente ele passa seu tempo a combater o seu! Se ele se abandona a seu prazer, uma voz lhe grita: infeliz, o que tu fazes? O quê? Tu choras com as *Deux Gosses* e tu ris com *Plus heureux des trois*! Labich te diverte e Dennery te emociona! Tu cantarolas Béranger! Tu lês talvez Alexandre Dumas escondido e Soulié! Onde estão teus princípios, tua missão, teu sacerdócio?" MOREAU, Pierre. Les mystères Béranger.] *Revue d'hist. litt. de France*, XL [1933], p. 197, citado em CROCE, Benedetto. *La poesia* [Bari: Laterza] (1953), p. 308.

[19] Em francês, no original. Tradução: "por ter se tornado mais inteligente cria direitos de ser menos". (N. T.)

mais útil se começassem a se perguntar, antes de tudo, como foi possível que justamente uma *élite* refinada tivesse sentido a necessidade de criar, para sua própria sensibilidade, objetos vulgares. De resto, por pouco que olhemos à nossa volta, nos damos conta de que a literatura de entretenimento está hoje voltando a ser o que era na origem, isto é, um fenômeno que envolve os estratos altos da cultura mais ainda do que os médios e os baixos; e certamente não é para nós uma honra que, entre tantos intelectuais que se ocupam quase exclusivamente do *Kitsch* e de *feuilletons*, não haja uma Madame de Sevigné disposta a se crucificar por essa sua fraqueza.

Quanto aos artistas, estes não demoraram muito a aprender a lição de La Calprenède e começaram a introduzir, primeiro insensivelmente, mas depois de maneira cada vez mais declarada, o mau gosto na obra de arte, fazendo da *beauté des sentiments*, da *violence des passions* e do *succès miraculeux de leurs redoutables épées*[20], como de tudo que podia suscitar e manter desperto o interesse do leitor, um dos recursos essenciais da ficção literária. O século que viu Hutcheson e os outros teóricos do gosto elaborarem o ideal do uniforme e do harmônico como fundamento da beleza, viu também Marino teorizar a sua poética da admiração e assistiu aos excessos e às extravagâncias do barroco. No teatro, os defensores da tragédia burguesa e da comédia *larmoyante*[21] acabaram por triunfar sobre seus adversários classicistas e, quando Molière, em *Monsieur de Pourceaugnac*, quis representar dois médicos que tentam fazer um enema no relutante protagonista, não se limitou a trazer para a cena apenas uma cânula, mas toda a sala foi invadida por cânulas. Os *genres tranchés*[22], os únicos admitidos pelos puristas do gosto, foram pouco a pouco

---

[20] Em francês, no original. Tradução: "da *beleza dos sentimentos*, da *violência das paixões* e do *sucesso milagroso de suas formidáveis espadas*". (N.T.)

[21] Em francês, no orginal. Tradução: "lacrimejante". (N.T.)

[22] Em francês, no original. Tradução: "gêneros puros". (N.T.)

48   FILÔAGAMBEN

substituídos por gêneros menos nobres, mistos, cujo protótipo era justamente o romance, o qual, nascido para satisfazer as exigências do mau gosto, acabou por ocupar o posto central na produção literária. No final do século XVIII, apareceu, aliás, um gênero, o *gothic romance*, que se fundava em uma pura e simples inversão dos critérios do *bon goût*, e os românticos, na sua luta por uma arte interessada, se serviram sem escrúpulos desse procedimento para dar de novo à arte, através do horror e do terror, aquela zona do espírito que o bom gosto tinha acreditado que deveria ser excluída para sempre da participação estética. Essa rebelião do mau gosto levou a uma verdadeira e autêntica contraposição entre *poésie* e *goût* (ou *esprit*), tanto que um escritor como Flaubert, que, mesmo que tivesse tido por toda a vida a obsessão da solenidade e da pompa, podia escrever em uma carta a Louise Colet: "Para ter aquilo que se costuma chamar de mau gosto, é preciso ter poesia no cérebro; o *esprit*, ao contrário, é incompatível com a verdadeira poesia". Isto é, parece que gênio e bom gosto não podem conviver no mesmo cérebro, e que o artista, para ser tal, deve antes de tudo se diferenciar do homem de gosto. Nesse meio-tempo, a declaração programática de mau gosto de Rimbaud em *Une saison en enfer* ("J'aimais les peintures idiotes, dessus de portes, décors, toiles de saltimbanques, enseignes, enluminures populaires; la littérature démodée, latin d'église, livres érotiques sans ortographe, romans de nos aieuls, contes de fées, petits livres de l'enfance, opéras vieux, refrains niais, rhythmes naïfs")[23] se tornou de tal modo famosa que

---

[23] Em francês, no original. Tradução: ("Eu amava as pinturas idiotas, enfeites de portas, cenários, telas de saltimbancos, bandeiras, gravuras populares; a literatura fora de moda, o latim de igreja, livros eróticos sem ortografia, romances de nossas bisavós, contos de fadas, pequenos livros da infância, velhas óperas, refrões tolos, ritmos ingênuos". Há mais de uma tradução brasileira para esta obra de Rimbaud. Citemos duas: RIMBAUD, Arthur. *Uma temporada no inferno.* Tradução de Paulo Hecker Filho. Porto Alegre: L&PM Editores, 2006. E: *Uma temporada no inferno.* Tradução de Ledo Ivo. Rio de Janeiro: Francisco Alves, 2004. (N.T.)

custamos a perceber que, neste catálogo, pode-se encontrar todo o *outillage*[24] familiar da consciência estética contemporânea; no plano do gosto, aquilo que era excêntrico no tempo de Rimbaud se tornou algo como o *gosto médio* do intelectual e penetrou tão profundamente no patrimônio do *bon ton* a ponto de fazer dele um verdadeiro e autêntico signo distintivo. O gosto contemporâneo reconstruiu o castelo de Hesdin: mas na história não existem bilhetes de retorno, e, antes de entrar nas salas e admirar aquilo que nos é oferecido, faremos talvez bem em nos interrogarmos sobre o sentido dessa incomparável zombaria feita a nós pelo nosso bom gosto.

★★★

O bom gosto não tem apenas a tendência a se perverter e se degenerar no seu oposto; isto é, de algum modo, o próprio princípio de toda perversão e sua aparição na consciência parece coincidir com o início de um processo de inversão de todos os valores e de todos os conteúdos. No *Bourgeois gentilhomme*, a oposição entre *mauvais goût* e *bon goût* era também aquela entre honestidade e imoralidade, entre paixão e indiferença; perto do fim do século XVIII, os homens começam a olhar o gosto estético como uma espécie de antídoto do fruto da árvore do conhecimento, o qual, após ter sido experimentado, torna impossível a distinção entre o bem e o mal. E, já que as portas do jardim do Éden estão fechadas para sempre, a viagem do esteta para além do bem e do mal se conclui, fatalmente, sob o signo de uma tentação diabólica. Isto é, avança a ideia de que existe um secreto parentesco entre a experiência da arte e o mal, e que, para entender a obra de arte, a ausência de preconceito e o *Witz* são instrumentos muito mais preciosos do que uma boa consciência. "Quem não despreza", diz um personagem da *Lucinde* de Schlegel, "não pode nem mesmo apreciar. Uma

---

[24] Em francês, no original. Tradução: "conjunto de ferramentas". (N. T.)

certa *maldade estética* (*ästetische Bösheit*) é uma parte essencial de uma formação harmoniosa"[25].

Às portas da Revolução francesa, esta singular perversão do homem de gosto foi levada ao extremo por Diderot em uma breve sátira que, traduzida em alemão por Goethe quando ainda estava manuscrita, exerceu uma grande influência sobre o jovem Hegel. O sobrinho de Rameau é, ao mesmo tempo, um homem de gosto extraordinário e um canalha ignóbil; nele se apagou toda diferença entre bem e mal, nobreza e baixeza, virtude e vício: apenas o gosto, em meio à absoluta perversão de toda coisa no seu oposto, manteve a sua integridade e a sua lucidez. A Diderot, que lhe pergunta: "comment se fait-il qu'avec un tact aussi fin, une si grande sensibilité pour les beautés de l'art musical, vous soyez aussi aveugle sur les belles choses en morale, aussi insensible aux charmes de la vertu?"[26], ele responde que "c'est apparemment qu'il y a pour les unes un sens que je n'ai pas, une fibre qui ne m'a point été donnée, une fibre lâche qu'on a beau pincer et que ne vibre pas"[27]. Isto é, no sobrinho de Rameau, o gosto agiu como uma espécie de

---

[25] SCHLEGEL, Friedrich. *Lucinde*, 6, *Idylle über den Müssiggang*. [*Lucinde.* In: *Kritische Friedrich-Schelegel-Ausgabe*. Ed. Hans Eichner. Munich: Schöning, 1962. v. 5. p. 28. Edição portuguesa: *Lucinda*. Lisboa: Guimarães Editores, 1985.]

[26] Em francês, no original. Tradução: "como é possível que, com um tato tão fino, uma sensibilidade tão grande para as belezas da arte musical, você seja tão cego para as belas coisas em moral, tão insensível aos charmes da virtude?". (N.T.)

[27] Em francês, no original. Tradução: "aparentemente é porque há para elas um sentido que eu não tenho, uma fibra que não me foi dada, uma fibra tão frouxa que não adianta beliscá-la porque ela não vibra". Cf. a ed. bras.: DIDEROT, Denis. *O sobrinho de Rameau*. Tradução de Bruno Costa. São Paulo: Hedra, 2007. Cf. também a tradução de *O sobrinho de Rameau* no volume Diderot da Coleção Os Pensadores: DIDEROT, Denis. *Textos escolhidos*. Tradução e notas de Marilena de Souza Chauí e J. Guinsburg. São Paulo: Abril Cultural, 1979. (N.T.)

gangrena moral, devorando qualquer outro conteúdo e qualquer outra determinação espiritual, e se exerce, no fim, no puro vazio. O gosto é a sua única certeza de si e a sua única autoconsciência: mas essa certeza é o puro nada, e a sua personalidade é a absoluta impessoalidade. A simples existência de um homem como ele é um paradoxo e um escândalo: incapaz de produzir uma obra de arte, é, todavia, justamente dela que depende a sua existência; condenado a depender daquilo que é outro em relação a ele, nesse *outro* reencontra porém alguma essencialidade, porque todo conteúdo e toda determinação moral foram abolidas. Quando Diderot lhe pergunta como é possível que, com a sua faculdade de sentir, de reter e de reproduzir, ele não tenha conseguido fazer nada de bom, Rameau invoca, para se justificar, a fatalidade que lhe concedeu a capacidade de julgar, mas não a de criar, e recorda a lenda da estátua de Memnão: "Autour de la statue de Memnon il y en avait une infinité d'autres, également frappées des rayons du soleil; mais la sienne était la seule qui resonnât... le reste, autant de paires d'oreilles fichées au bout d'un bâton"[28]. O problema que em Rameau encontra a sua plena e trágica consciência de si é aquele da cisão entre gênio e gosto, entre artista e espectador, que, a partir desse momento, dominará de modo cada vez menos velado o desenvolvimento da arte ocidental. Em Rameau, o espectador entende que é um enigma inquietante: a sua justificação, em uma forma extrema, recorda a experiência de todo homem sensível que, diante de uma obra de arte que admira, experimenta quase o sentimento de ter sido fraudado e não consegue reprimir o desejo de ser, ele, o seu autor. Ele está diante de algo em que

---

[28] Em francês, no original. Tradução: "Em torno da estátua de Memnão havia uma infinidade de outras, igualmente atingidas pelos raios do sol; mas a sua era a única que ressoava... O resto, [...] apenas pares de orelhas cravadas numa estaca".

tem a impressão de reencontrar a sua verdade mais íntima e, todavia, não pode se identificar com ela, porque a obra de arte é, justamente, como dizia Kant, "aquilo que, mesmo que seja conhecido perfeitamente, não se tem, ainda assim, a capacidade de produzir". A sua dilaceração é a mais radical: o seu princípio é o que lhe é mais estranho, a sua essência está naquilo que, por definição, não lhe pertence. O gosto, para ser integralmente, deve cindir-se em relação ao princípio da criação; mas sem o gênio, o gosto se torna um puro reverso, isto é, o *princípio mesmo da perversão*.

Hegel ficou tão impressionado com a leitura do *Sobrinho de Rameau*, que se pode dizer que toda a seção da *Fenomenologia do Espírito* que traz o título "O espírito tornado estranho a si mesmo: a Cultura" não seja, em realidade, nada além de um comentário e uma interpretação dessa figura. Em Rameau, Hegel via o cúmulo – e, ao mesmo tempo, o início da degeneração – da cultura europeia às portas do Terror e da Revolução, quando o Espírito, alienando-se na cultura, só reencontra a si mesmo na consciência da dilaceração e na perversão absoluta de todos os conceitos e de toda a realidade. Hegel chamava esse momento de "a pura cultura" e o caracterizava nestes termos:

> Já que o puro Eu vê a si mesmo cindido fora de si, nessa dilaceração tudo aquilo que tem continuidade e universalidade, se chame lei, bem ou direito, imediatamente se desintegra e precipita como em um abismo; tudo aquilo que é sob o modo da igualdade se dissolve, porque estamos em presença da *mais pura desigualdade*: a absoluta inessencialidade do absolutamente essencial, o ser-fora-de-si do ser-para-si. O Eu puro é absolutamente desmembrado... Quando o comportamento dessa consciência se encontra junto a essa dilaceração absoluta, no seu espírito aparece toda diferença e toda determinação da consciência nobre frente à consciência vil; e os dois tipos de consciência se tornam a mesma consciência.

... Essa consciência de si, que renega a própria negação, é imediatamente a igualdade consigo mesma no seio da absoluta dilaceração; a pura mediação consigo mesma da pura consciência de si. Essa consciência é a identidade do juízo na qual uma mesma personalidade é tanto sujeito quanto objeto; mas esse juízo idêntico é, ao mesmo tempo, um juízo infinito, porque essa personalidade é absolutamente cindida, e sujeito e predicado são apenas duas entidades indiferentes que não têm nada a ver uma com a outra; eles não têm uma unidade necessária, mas cada uma é a potência de uma personalidade própria. *O ser-para-si* tem por objeto o seu *ser-para-si*, mas como absolutamente Outro, e, ao mesmo tempo, imediatamente também como *si mesmo* – Si como Outro; e isso não acontece de modo que esse Outro tenha um conteúdo diferente, mas o seu conteúdo é o mesmo Eu na forma de uma oposição absoluta e de uma existência própria completamente indiferente. Aqui, portanto, está presente o espírito desse mundo real da cultura, espírito que é consciente de si na sua verdade e é consciente do seu próprio conceito.

Este é essa absoluta e universal perversão (*Verkehrung*) da efetividade e do pensamento: a *pura Cultura*. Aquilo de que se faz a experiência nesse mundo é que nem as essências efetivas do poder e da riqueza, nem os seus conceitos determinados – Bem e Mal ou a consciência do bem e a consciência do mal, consciência nobre e consciência vil – têm verdade; mas todos esses momentos se pervertem antes um no outro, e cada um é o contrário de si mesmo... O pensamento dessas essências, do bem e do mal, se perverte, também ele, no curso desse movimento; aquilo que é determinado como bem é mal, e aquilo que é determinado com mal é bem. Quando se julga a consciência de cada um desses momentos como consciência nobre e consciência vil, na sua verdade esses momentos são, também eles, antes, o inverso daquilo que deveriam ser. A consciência nobre é vil e abjeta, exatamente como a abjeção se transforma na mais culta nobreza da consciência de si. Considerando as coisas do ponto de vista formal, toda coisa é igualmente, *vista do exterior*, o contrário daquilo que ela é *para si*, e, inversamente, ela não é verdadeiramente aquilo que é para si, mas é algo diferente, outro em relação àquilo que quer ser; o ser-para-si é antes a perda de si mesmo, e o estranhamento de si é antes a conservação de si. Eis, portanto, o que aparece: cada um se tornou estranho a si mesmo na medida em que se insinua no seu contrário e o perverte do mesmo modo[29].

Diante de Rameau, que tomou consciência da própria dilaceração, a consciência honesta (o filósofo, no diálogo de Diderot) não pode dizer nada que a consciência vil não saiba e diga já de si mesma, porque esta última é justamente a absoluta perversão de toda coisa no seu oposto, e a sua linguagem é o juízo que, enquanto dissolve toda identidade, joga também consigo mesmo esse jogo de autodissolução. O único modo que ela tem de se possuir é, de fato, aquele de assumir integralmente a própria contradição e, negando a si mesma, reencontrar-se apenas no seio da extrema dilaceração. Mas, justamente enquanto conhece o substancial unicamente sob o aspecto da dualidade e do estranhamento, Rameau é, sim, perfeitamente capaz de *julgar* o substancial (e a sua linguagem é, de fato, cintilante de espírito), mas perdeu a capacidade de *agarrá-lo*: a sua consistência é a sua inconsistência radical, a sua plenitude é a sua privação absoluta.

Caracterizando a pura Cultura como perversão, Hegel estava consciente de que descrevia um estado pré-revolucionário, e tinha antes em mira a sociedade francesa no momento em que os valores do *Ancien Régime* começam a vacilar sob o impulso negador da *Aufklärung*: na *Fenomenologia do Espírito*, a seção dedicada à Liberdade absoluta e ao Terror segue, de

---

[29] HEGEL, G. W. F. *Phänomenologie des Geites*. Hg. Von J. Hoffmeister, p. 368-371. [Ed. bras.: *Fenomenologia do Espírito*. Tradução de Paulo Meneses. Petrópolis: Vozes; Bragança Paulista: Universidade São Francisco, 2002.]

fato, bem de perto, a análise da pura Cultura. A dialética da consciência honesta e da consciência vil – as quais, em sua essência, são cada uma o contrário de si mesma, de modo que a primeira é perenemente destinada a sucumbir à franqueza da segunda – é, sob esse ponto de vista, tão significativa quanto aquela entre escravo e senhor; mas o que nos interessa é que Hegel, ao ter que personificar a absoluta potência da perversão, tenha escolhido uma figura como Rameau, quase como se a extrema decantação do tipo do homem de gosto, para o qual a arte é a única certeza de si e, ao mesmo tempo, a dilaceração mais pungente, fosse acompanhada necessariamente pela dissolução dos valores sociais e da fé religiosa. E não é certamente uma simples coincidência, se, no momento em que essa dialética volta a se propor na literatura europeia, uma primeira vez nos *Demônios* de Dostoievsky, com o par formado pelo velho intelectual liberal Stepan Stepanovic e seu filho Piotr Stepanovic, e uma segunda com o par Settembrini-Naphta na *Montanha mágica*, de Thomas Mann, em ambos os casos a experiência que é descrita é aquela do esfacelamento de um microcosmo social frente à ação daquele "mais inquietante de todos os hóspedes", que é o Niilismo europeu, personificado por dois medíocres, mas irresistíveis descendentes de Rameau.

O exame do gosto estético nos leva, assim, a nos perguntarmos se não existe talvez algum tipo de nexo entre o destino da arte e o surgimento daquele niilismo que, segundo as palavras de Heidegger, não é de modo algum um movimento histórico ao lado de outros, mas "pensado na sua essência, é o movimento fundamental da História do Ocidente"[30].

---

[30] HEIDEGGER, Martin. *Nietzsches Wort "Gott ist tot"*. In: *Holzwege* (1950), p. 201. [Edição portuguesa: *A palavra de Nietzsche "Deus morreu"*. In: *Caminhos de floresta*. Coordenação científica da edição e tradução de Irene Borges-Duarte. Lisboa: Fundação Calouste Gulbenkian, 2002.]

CAPÍTULO QUARTO

A câmara das maravilhas

Em 1660, David Teniers publicou na Antuérpia, com o título *Theatrum pittoricum*, o primeiro catálogo ilustrado de um museu de arte. O livro reproduz, através de uma série de gravuras, os quadros que o arquiduque Leopoldo Guilherme possuía no seu *cabinet* da corte de Bruxelas. O autor, dirigindo-se em um prefácio "aux admirateurs de l'art"[1], adverte que

> [...] les tableaux originels dont vous voyez ici les desseins, ne sont point tous d'une mesme forme, ni de pareille grandeur, pour cela nous a été nécessaire de les égaler, pour les reduire à la mesure de feuillets de ce volume, à fin de vous les présenter soubs une plus convenable façon. Si quelqu'un désire de connaître la proportion des originaux, il pourra la compasser en conformité des pieds ou palmes, qui sont marqués aux marges[2].

---

[1] Em francês, no original. Tradução: "aos admiradores da arte". (N. T.)

[2] [Em francês, no original. Tradução: "os quadros originais, dos quais vocês veem aqui os desenhos, não são todos de uma mesma forma nem de semelhante tamanho, para isso nos foi necessário igualá-los, para reduzi-los à medida das folhas deste volume, a fim de apresentá-los a vocês sob um modo mais conveniente. Se alguém desejar conhecer a proporção dos originais, poderá estimá-la em conformidade com pés ou palmas, que estão marcados nas margens".] *Le Théâtre des peintures de Davide Taniers*, Antuérpia, 1673.

A esta advertência segue uma descrição do próprio *cabinet*, que poderia ser um protótipo do guia que se encontra na entrada de qualquer museu moderno, se não fosse pela escassa atenção que Teniers reserva aos quadros singulares em comparação com o *cabinet* como um todo. "En entrant", ele escreve,

> [...] on rencontre deux longues Galleries, où du long de la muraille qui est sans fenestres, les Tableaux sont pendus en bel ordre: à l'opposite, du coté des fenestres, on admire plusieurs grandes Statues, la plus part Antiquités, assises sur des hautes Bases, avec leurs ornemens; par derrière, soubs & entres les fenestres, sont posées autres peitures, plusieurs desquelles vous sont inconnues[3].

Teniers nos informa que, entre estas, se encontram seis telas de Bruegel, o velho, que representam os doze meses do ano "avec un artifice admirable de pinceau, vivacité des couleurs, & ordonnances industrieuses de postures"[4], e um grande número de naturezas mortas; daí, se passa para outras três salas e *cabinets*

> [...] où les pièces plus rares & de haute estime font monstre des plus subtils chefs-d'oeuvre du pinceau, avec un merveilleux ravissement des Esprits bien entendus; en sorte que les personnes desireuses de contempler à souhait tant de gentillesses, auraient besoin d'un loisir de plusieurs semaines,

---

[3] Em francês, no original. Tradução: "Ao entrar", ele escreve, "encontramos duas longas galerias, onde, ao longo da parede, que é sem janelas, os quadros estão pendurados em bela ordem: no lado oposto, do lado das janelas, admiram-se várias grandes estátuas, a maior parte antiguidades, assentadas em altas bases, com seus ornamentos; por trás, sob & entre as janelas, estão colocadas outras pinturas, muitas das quais são desconhecidas de vocês". (N. T.)

[4] Em francês, no original. Tradução: "com artifício admirável de pincel, vivacidade de cores, & ordenamentos engenhosos de posturas". (N. T.)

voire mesmes de beaucoup de mois, pour les examiner selon qu'elles méritent[5].

As coleções de arte, porém, não tinham tido sempre um aspecto tão familiar para nós. Perto do fim do Medievo, nos países da Europa continental, príncipes e eruditos recolhiam os objetos mais disparatados em uma *Wunderkammer* que continha, promiscuamente, pedras de forma insólita e moedas, animais embalsamados e livros manuscritos, ovo de avestruz e corno de unicórnio. Quando se começaram a colecionar objetos de arte, nessas câmaras das maravilhas, estátuas e pinturas foram colocadas ao lado de curiosidades e de exemplares de história natural; mas, ao menos nos países germânicos, as coleções de arte dos príncipes conservaram durante muito tempo a marca da sua descendência da *Wunderkammer* medieval. Sabemos que Augusto I, príncipe eleitor da Saxônia, o qual se gabava de possuir "uma série de retratos de imperadores romanos de César a Domiciano feitos por Ticiano a partir de modelos vivos", recusou uma oferta de 100.000 florins de ouro do Conselho dos Dez veneziano por um unicórnio de sua propriedade e que conservava como coisa preciosa uma fênix embalsamada, a ele doada pelo bispo de Bamberg. Ainda em 1567, o *cabinet* de Alberto V da Baviera, além de 780 quadros, continha dois mil objetos de várias espécies, entre os quais "um ovo que um abade tinha encontrado dentro de um outro ovo, maná caído do céu durante um período de escassez, uma hidra e um basilisco".

Possuímos uma gravura que reproduz a *Wunderkammer* do médico e colecionador alemão Hans Worms, através da qual podemos fazer uma ideia bastante precisa do aspecto de

---

[5] Em francês, no original. Tradução: "onde as peças mais raras & de alta estima dão mostra das mais sutis obras-primas do pincel, com uma maravilhosa exaltação dos espíritos bem entendidos; de modo que as pessoas desejosas de contemplar à vontade tantas gentilezas, teriam necessidade de um ócio de muitas semanas, até mesmo de muitos meses, para examiná-las de acordo com o que elas merecem". (N.T.)

uma verdadeira câmara das maravilhas. Do teto, a uma altura considerável do solo, pendem jacarés, ursos cinza empalhados, peixes de forma estranha, pássaros embalsamados e canoas de populações primitivas. A parte superior da parede de fundo é ocupada por lanças, flechas e outras armas de várias formas e proveniências. Entre a janela de uma das paredes laterais, encontram-se chifres de cervos e de alces, cascos e caveiras de animais; da parede de frente, a pouquíssima distância umas das outras, pendem cascas de tartarugas, peles de serpentes, presas de peixe-serra e peles de leopardo. A partir de uma certa altura até o pavimento, as paredes são cobertas por uma série de prateleiras apinhadas de conchas, ossos de polvo, sais minerais, metais, raízes e estatuetas mitológicas. O caos que parece reinar na *Wunderkammer*, porém, é apenas aparente: para a mentalidade do sábio medieval, ela era um tipo de microcosmo que reproduzia, na sua harmoniosa miscelânea, o macrocosmo animal, vegetal e mineral. Por isso, os objetos singulares parecem encontrar o seu sentido apenas uns ao lado dos outros, entre as paredes de um cômodo no qual o sábio podia ter, a cada instante, a medida dos confins do universo.

Se levantarmos agora os olhos da gravura e os colocarmos em uma tela que reproduz uma galeria seiscentista, por exemplo, do quadro de Willen van Haecht que mostra o arquiduque Alberto em visita à coleção de Cornelius van der Geist na Antuérpia, em companhia de Rubens, Gerard Seghers e Jordaens, não podemos nos privar de notar uma certa analogia. As paredes são literalmente revestidas, do teto ao pavimento, de quadros dos mais diversos tamanhos e assuntos, quase grudados uns nos outros, de modo a formar um magma pictórico que recorda a *muraille de peinture* de Frenhofer e no qual muito dificilmente podia emergir a obra singular. Ao lado de uma porta, em igual confusão, surge um grupo de estátuas, entre as quais distinguimos a duras penas um Apolo, uma Vênus, um Baco e uma Diana. Sobre o pavimento, por toda parte, estão amontoados outros quadros, e, em meio a eles, se destaca o numeroso pelotão de artistas e cavalheiros reunidos em torno de uma mesa baixa recoberta de pequenas esculturas. Sobre o lintel de uma porta, sob um brasão dominado por uma caveira, é bem legível a inscrição: *Vive l'Esprit*.

Mais do que diante de quadros, temos a impressão de nos encontrarmos, como já foi observado, diante de uma única imensa tapeçaria na qual flutuassem cores e formas imprecisas; e surge espontânea a questão se não acontece, por acaso, com esses quadros, aquilo que acontecia com as conchas e os dentes de baleia do sábio medieval, os quais encontram a sua verdade e o seu autêntico senso apenas ao serem incluídos no harmônico microcosmo da *Wunderkammer*. Isto é, parece que as telas singulares não têm realidade fora do imóvel *Theatrum pittoricum* ao qual são confiadas ou, ao menos, que apenas nesse espaço ideal elas adquirem todo o seu sentido enigmático. Mas, enquanto o microcosmo da *Wunderkammer* encontrava a sua razão profunda na unidade viva e imediata com o grande mundo da criação divina, em vão se buscaria para a galeria um análogo fundamento: fechada entre as resplandecentes cores das suas paredes, ela repousa em si mesma como um mundo perfeitamente autossuficiente, no qual as telas se assemelham à princesa adormecida da fábula, prisioneira de um encantamento cuja fórmula abracadabrante está inscrita sobre o lintel da porta: *Vive l'Esprit*.

No mesmo ano em que Teniers publicava na Antuérpia o seu *Theatrum pittoricum*, Marco Boschini fazia imprimir em Veneza a sua *Carta del navegar pittoresco*. Este livro interessa ao historiador da arte pelas informações e notícias de todo gênero que nos fornece sobre a pintura veneziana do século XVII e pelos incipientes juízos estéticos que ali se encontram esboçados sobre pintores singulares; mas ele aqui nos interessa sobretudo porque, depois de ter conduzido a *Nave Venetiana* através do "alto mar da Pintura", Boschini conclui o seu aventuroso itinerário com a minuciosa descrição de uma galeria imaginária. Boschini se detém longamente sobre a forma que, segundo o gosto do tempo, devem ter as paredes e os ângulos dos tetos:

> A obra dos tetos, que são planos
> ele os fez em arcos, e em abóbadas os transforma.
> Assim aos planos de côncavos ele dá forma
> e tece aos olhos industriosos enganos.
>
> Ele faz com que as cantoneiras em forma aguda
> saltem para fora com ângulos marcantes,
> e em vez de ir para dentro, elas vêm avante.
> Isto é loquaz, e não pintura muda[6].

E nem mesmo descuida de especificar, para cada cômodo, a cor e o gênero da tapeçaria destinada a revestir as paredes com essa cenografia puramente mental.

Se, outras vezes, já tinham sido escritas regras arquitetônicas para a construção das galerias, é, porém, uma das primeiras vezes que esses preceitos, em vez de encontrar lugar em um tratado de arquitetura, são dados como conclusão ideal daquilo que poderíamos definir como um vasto tratado crítico-descritivo sobre a pintura. Parece que, para Boschini, a sua galeria imaginária era, de algum modo, o espaço mais concreto da pintura, uma espécie de tecido conjuntivo ideal que consegue assegurar um fundamento unitário às criações díspares do gênio dos artistas, como se, uma vez abandonadas ao mar tempestuoso da pintura, elas tocassem a terra firme apenas na cena perfeitamente preparada desse teatro virtual. Boschini está tão convencido disso, que chega a comparar os quadros que dormem nas salas da galeria aos bálsamos que, para adquirir todo o seu poder, devem decantar-se nos seus recipientes de vidro:

---

[6] *La carta de navegar pittoresco, compartita in oto venti con i quali la Nave Venetiana vien conduita in l'alto mar de la Pitura*, Venezia, 1660, vento setimo.

> É a Pintura um bálsamo precioso,
> Para o intelecto, verdadeira medicina,
> Que quanto mais está em seu frasco, mas se refina,
> E ao fim de cem anos é milagroso

Mesmo se nós não nos servimos de imagens tão ingênuas, é provável que a nossa perspectiva estética sobre a arte, que nos faz construir os museus e nos faz parecer normal que o quadro passe imediatamente da mão do artista à sala do museu de arte contemporânea, se funde sobre pressupostos não muito diferentes. O que é certo, de qualquer maneira, é que a obra de arte não é mais, então, a medida essencial da habitação do homem sobre a terra, que, justamente na medida em que edifica e torna possível o ato de habitar, não tem nem uma esfera autônoma, nem uma identidade particular, e resume e reflete em si todo o mundo do homem; ao contrário, a arte constrói agora para si seu próprio mundo, e, entregue à atemporal dimensão estética do *Museum Theatrum*, começa a sua segunda e interminável vida, que levará o seu valor metafísico e venal a crescer incessantemente ao mesmo tempo em que acabará por dissolver o espaço concreto da obra até fazê-la se assemelhar ao espelho convexo que Boschini recomendava colocar em uma parede da sua galeria imaginária,

> Onde o objeto, em vez de fazer-se próximo
> Dá um passo atrás, para sua vantagem

Isto é, acreditamos ter finalmente assegurado à obra de arte a sua mais autêntica realidade, mas, quando tentamos prendê-la, ela recua e nos deixa com as mãos vazias.

★★★

Mas a obra de arte não foi sempre considerada um objeto de coleção. Houve épocas em que a própria ideia de arte como nós a concebemos teria parecido monstruosa. Um amor pela arte em si mesma não o encontramos quase nunca durante todo o Medievo, e, quando aparecem os seus primeiros sintomas, confundidos com o gosto pelo fausto e pelo precioso, a mentalidade comum os considerou como aberrações.

Nessas épocas, a subjetividade do artista se identificava tão imediatamente com a sua matéria, a qual constituía, não apenas para ele, mas também para os seus semelhantes, a verdade mais íntima da consciência, que teria parecido inconcebível falar da arte como um valor em si, e, diante da obra de arte acabada, não se podia de modo algum falar de uma participação estética. Nas quatro grandes divisões do *Speculum Maius* nas quais Vicente de Beauvais encerra o universo (Espelho da Natureza, da Ciência, da Moral, da História), não há um lugar para a arte porque esta não representava de modo algum, para a mentalidade medieval, um reino entre os outros do universo. Quando olhava para o tímpano da catedral de Vézelay, com as suas esculturas representando todos os povos da terra sob a luz única do divino Pentecostes, ou a coluna da abadia de Souvigny, com as suas quatro faces que reproduziam os confins maravilhosos da terra através das imagens dos fabulosos habitantes daquelas regiões: o Sátiro, com patas de cabra, o Monópode, que se move com um só pé, o Hipópode, com cascos equinos, o Etíope, a Manticora e o Unicórnio, o homem do Medievo não tinha a impressão estética de estar observando uma obra de arte, mas ganhava, ao contrário, a medida para ele mais concreta das fronteiras do seu mundo. O maravilhoso não era ainda uma autônoma tonalidade sentimental e o efeito próprio da obra de arte, mas uma indistinta presença da graça que afinava, na obra, a atividade do homem com o mundo divino da criação e mantinha assim, ainda vivo, um eco daquilo que a arte tinha sido no seu surgimento grego: o poder milagroso e inquietante de fazer aparecer, de *produzir* o ser e o mundo na obra. Huizinga se refere ao caso de Dionísio o Cartuxo, o qual conta como, entrando um dia na igreja de S. João em 's-Hertogenbosch enquanto tocava o órgão, foi bruscamente arrebatado pela melodia em um êxtase prolongado. "A emoção artística se transformou imediatamente em experiência religiosa. Nem sequer lhe passou pela mente a ideia de que, na beleza da música e da arte figurativa, ele pudesse admirar algo diferente do divino"[7].

Apesar disso, em um certo momento, vemos o crocodilo embalsamado suspenso à entrada de Saint-Bertrand-de-Comminges e as patas do licórnio que se conservava na sacristia da Sainte-Chapelle de Paris saírem do espaço sacro da catedral para entrar no *cabinet* do colecionador, e a sensibilidade do espectador frente à obra de arte demorar-se tão longamente no momento da maravilha a ponto de isolá-la como uma esfera autônoma de qualquer conteúdo religioso ou moral.

★★★

No capítulo das suas lições de estética dedicado à dissolução da arte romântica, Hegel sentiu toda a importância da identidade viva do artista com a sua matéria e compreendeu que o destino da arte ocidental só podia ser explicado a partir de uma cisão da qual somente hoje estamos em condições de medir todas as consequências.

> Enquanto o artista – ele escrevia – está intimamente ligado, em identidade imediata e fé sólida, com a determinação de uma concepção geral e religião, ele toma verdadeiramente *a sério* tal conteúdo e a sua representação; isto é, esse conteúdo resulta, para ele, ser o infinito e o verdadeiro da sua consciência; ele vive, com isso, em originária unidade segundo a sua mais íntima subjetividade, enquanto a forma na qual ele o põe à mostra é para ele, como artista, o modo extremo, necessário e supremo de trazer a si na intuição o absoluto e a alma dos objetos em geral. Ele é ligado ao modo determinado de exposição da substância, nele mesmo imanente,

---

[7] HUIZINGA, Johan. *Autuno del Medioevo*, Trad. it. de B. Jasink. Firenze, 1944, n. 375. [Ed. bras.: *O outono da idade média*. Tradução de Francis Petra Janssen. São Paulo: Cosac Naify, 2010.]

da sua matéria. De fato, o artista traz imediatamente em si a matéria e, portanto, a forma a ela apropriada, como a essência verdadeira e própria da sua existência, não a que ele se imagina, mas a que é ele mesmo, pela qual ele apenas tem a tarefa de tornar para si objetivo esse verdadeiro essencial, de representá-lo e trazê-lo para fora de si de modo vivo[8].

Mas chega fatalmente o momento em que essa unidade imediata da subjetividade do artista com a sua matéria se despedaça. O artista faz, então, a experiência de uma dilaceração radical pela qual, por um lado, se coloca o mundo inerte dos conteúdos na sua indiferente objetividade prosaica e, de outro, a livre subjetividade do princípio artístico, que paira sobre eles como sobre um imenso depósito de materiais que ele pode evocar ou rejeitar segundo o seu arbítrio. A arte é, agora, a absoluta liberdade que busca em si mesma o próprio fim e o próprio fundamento, e não tem necessidade — em sentido substancial — de nenhum conteúdo, porque se pode medir apenas com a vertigem do próprio abismo. Nenhum outro conteúdo — fora da própria arte — é mais, agora, para o artista, *imediatamente* o substancial da sua consciência, nem lhe inspira a necessidade de representá-lo.

> Ao contrário da época — prossegue Hegel — em que o artista, por nacionalidade e época, e na sua substância, é colocado no interior de uma determinada concepção geral do mundo com o seu conteúdo e as suas formas de representação, encontramos uma posição absolutamente oposta, que, no seu pleno desenvolvimento, se tornou importante apenas hoje. Em nossos dias, o desenvolvimento da reflexão e da crítica em quase todos os povos e, entre nós, alemães, também a liberdade de pensamento, se apoderaram dos artistas e, uma vez cumpridos também os necessários estados particulares da forma de arte

---

[8] HEGEL, G. W. F. *Estetica*. Ed. it. a cura di N. Merker, p. 674-675. [Ed. bras.: *Cursos de Estética*. Tradução de Oliver Tolle e Marco Aurelio Werle. São Paulo: Edusp, 2001.]

romântica, fizeram deles, por assim dizer, tábua rasa, tanto no que diz respeito à matéria quanto no que diz respeito à forma da sua produção. O ser ligado a um conteúdo particular e a um modo de representação adequado exclusivamente a essa matéria constitui para os artistas hodiernos algo de passado, de tal modo que a arte se tornou um livre instrumento que o artista pode manejar uniformemente segundo a medida da sua habilidade subjetiva no que diz respeito a qualquer conteúdo, seja ele de que gênero for. O artista, por isso, está acima das formas determinadas e configurações consagradas, movendo-se livre por si, independentemente do conteúdo e das concepções nas quais o sacro e o eterno se encontravam, antes, frente à consciência. Nenhum conteúdo, nenhuma forma é mais imediatamente idêntica à intimidade, à *natureza*, à essência substancial inconsciente do artista; qualquer matéria pode lhe ser indiferente, contanto que não contradiga a lei formal de ser, em geral, bela e capaz de ser tratada artisticamente. Hoje não há nenhuma matéria que esteja em si e por si acima dessa relatividade, e, mesmo que estivesse, pelo menos não há nenhuma necessidade absoluta pela qual deva ser *a arte* a representá-la[9].

Essa cisão indica um evento decisivo demais no destino da arte ocidental, para que possamos ter a ilusão de abraçar em um só golpe de vista o horizonte que ele descobre; podemos, entretanto, reconhecer entre as suas primeiras consequências a aparição daquela fratura entre gosto e gênio, que vimos tomar corpo na figura do homem de gosto e alcançar no personagem de Rameau a sua formulação mais problemática. Enquanto o artista vive em íntima unidade com a sua matéria, o espectador vê na obra de arte apenas a própria fé e a verdade mais alta do próprio ser trazida à consciência do modo mais necessário, e um problema da arte em si não pode surgir exatamente porque esta é o espaço comum em que todos os homens, artistas e

---

[9] HEGEL, G. W. F. *Estetica*. Ed. it. a cura di N. Merker, p. 676.

não artistas se reencontram em viva unidade. Mas, uma vez que a subjetividade criadora do artista vem se colocar acima da sua matéria e da sua produção, como um dramaturgo que põe livremente em cena os seus personagens, esse espaço comum da obra de arte se dissolve, e aquilo que o espectador aí vê não é mais algo que ele possa reencontrar imediatamente na sua consciência como a sua verdade mais alta. Seja como for, tudo aquilo que o espectador pode encontrar na obra de arte é, agora, mediado pela representação estética, que é, ela própria, independentemente de qualquer conteúdo, o valor supremo e a verdade mais íntima que explica a sua potência na própria obra e a partir da própria obra. O livre princípio criativo do artista se eleva entre o espectador e a sua verdade – que ele podia encontrar na obra de arte – como um precioso véu de Maia do qual não poderá jamais se apoderar concretamente, mas apenas através da imagem refletida no espelho mágico do próprio gosto.

Se o espectador reconhece nesse princípio absoluto a verdade mais alta do seu ser no mundo, ele deve coerentemente pensar a própria realidade a partir do eclipse de todo conteúdo e de toda determinação moral e religiosa, e, como Rameau, ele se condena a buscar a própria consistência naquilo que lhe é mais estranho. O nascimento do gosto coincide, assim, com a absoluta dilaceração da "pura Cultura"; na obra de arte, o espectador vê a Si como Outro, o próprio ser-para-si como ser-fora-de-si; e, na pura subjetividade criadora em ação na obra de arte, ele não reencontra de modo algum um conteúdo determinado e uma medida concreta da própria existência, mas, simplesmente, o seu próprio Eu na forma do absoluto estranhamento, e pode se possuir apenas no interior dessa dilaceração.

A originária unidade da obra de arte se despedaçou, deixando, de um lado, o juízo estético e, de outro, a subjetividade artística sem conteúdo, o puro princípio criativo.

Ambos buscam em vão o próprio fundamento e, nessa busca, incessantemente dissolvem a concretude da obra, o primeiro, remetendo-a ao espaço ideal do *Museum Theatrum*, e a segunda, ultrapassando-a, no seu movimento contínuo para além de si mesma. Como o espectador, frente à estranheza do princípio criativo, busca, de fato, fixar no Museu o próprio ponto de consistência, no qual a absoluta dilaceração se inverte em absoluta igualdade consigo mesma, "na identidade do juízo em que uma mesma personalidade é tanto sujeito quanto predicado", do mesmo modo o artista, que fez, na criação, a experiência demiúrgica da absoluta liberdade, busca agora objetivar o próprio mundo e possuir a si mesmo. Ao término desse processo, encontramos a frase de Baudelaire: "la poésie est ce qu'il y a de plus réel, ce qui n'est complètement vrai que dans un autre monde"[10]. Frente ao espaço estético-metafísico da galeria, um outro espaço se abre que lhe corresponde metafisicamente: aquele puramente mental da tela de Frenhofer, no qual a subjetividade artística sem conteúdo realiza, através de um tipo de operação alquímica, a sua impossível verdade. Ao *Museum Theatrum* como *topos ouranios* da arte na perspectiva do juízo estético, corresponde *o outro mundo* da poesia, o *Theatrum chemicum* como *topos ouranios* do princípio artístico absoluto.

Lautréamont é o artista que viu até as suas consequências mais paradoxais esse desdobramento da arte. Rimbaud tinha passado do inferno da poesia ao inferno de Harar, das palavras ao silêncio; Lautréamont, por sua vez, mais ingênuo, abandonou o antro prometeico que tinha visto nascerem os Cantos de Maldoror[11] pela aula do liceu ou a sala acadêmica onde deverão ser recitados os edificantes *poncifs* de *Poésies*. Aquele

---

[10] Em francês, no original. Tradução: "a poesia é o que há de mais real, o que só é completamente verdadeiro em um outro mundo". (N.T.)

[11] Ed. bras.: LAUTRÉAMONT. *Os cantos de Maldoror.* Tradução de Claudio Willer. São Paulo: Iluminuras, 2005. (N.T.)

que tinha levado ao extremo a exigência da subjetividade artística absoluta e tinha visto nessa tentativa se confundirem os limites do humano e do inumano, leva agora às extremas consequências a perspectiva do juízo estético, até o ponto de afirmar que "les chefs-d'oeuvres de la langue française sont les discours de distribution pour les lycées et les discours académiques"[12] e que "les jugements sur la poésie ont plus de valeur que la poésie"[13]. Que, nesse movimento, ele tenha apenas oscilado entre os dois extremos sem conseguir encontrar a sua unidade, demonstra apenas que o abismo em que tem o seu fundamento a nossa concepção estética da arte não se deixa preencher tão facilmente, e que as duas realidades metafísicas do juízo estético e da subjetividade artística sem conteúdo remetem incessantemente uma à outra.

Mas nesse recíproco sustentar-se dos dois *autres mondes* da arte, permanecem sem resposta exatamente as duas únicas perguntas às quais a nossa meditação sobre a arte deveria responder para ser coerente consigo mesma: *qual é o fundamento do juízo estético? E qual é o fundamento da subjetividade artística sem conteúdo?*

---

[12] Em francês, no original. Tradução: "as obras-primas da língua francesa são os discursos de premiação para os liceus e os discursos acadêmicos". (N.T.)

[13] Em francês, no original. Tradução: "os juízos sobre a poesia têm mais valor que a poesia". (N.T.)

CAPÍTULO QUINTO

Les jugements sur la poésie ont plus de valeur que la poésie

Nós que ainda não pensamos bastante seriamente o sentido do juízo estético, como poderíamos levar a sério esta frase de Lautréamont? E não teremos pensado essa frase na sua dimensão própria enquanto teimarmos em ver nela um simples jogo de inversão conduzido em nome de uma *raillerie*[1] incompreensível, em vez de começarmos a nos perguntar se a sua verdade não está por acaso inscrita na estrutura mesma da sensibilidade moderna.

Avizinhamo-nos, de fato, de seu sentido secreto, quando a colocamos em relação com aquilo que Hegel escreve na sua introdução às *Lições de estética*, no momento de se colocar o problema do destino da arte no seu tempo. Percebemos, então, com surpresa que as conclusões a que Hegel chega não apenas não estão muito distantes daquelas de Lautréamont, mas que elas também nos permitem na verdade ouvir nestas uma sonoridade bem menos paradoxal do que tínhamos acreditado até agora.

Hegel observa que a obra de arte não traz à alma a satisfação das necessidades espirituais que épocas precedentes tinham encontrado nela, porque a reflexão e o espírito crítico

---

[1] Em francês, no original. Tradução: "brincadeira, zombaria".

se tornaram tão fortes em nós que, diante de uma obra de arte, não buscamos tanto penetrar em sua íntima vitalidade, identificando-nos com ela, quanto nos dar dela uma representação segundo o esqueleto crítico fornecido a nós pelo juízo estético. "Aquilo que em nós agora é suscitado pela obra de arte", ele escreve, "é, além do gozo imediato, também o nosso julgamento, porque submetemos à nossa meditação o conteúdo, os meios de manifestação da obra de arte e a adequação ou não de ambos. A ciência da arte é, por isso, no nosso tempo, uma necessidade ainda maior que nas épocas nas quais a arte trazia já por si própria uma completa satisfação. A arte nos convida à meditação, mas não à finalidade de recriar a arte e sim para conhecer cientificamente que coisa seja a arte... A arte encontra a sua autêntica confirmação somente na ciência"[2].

Estão distantes os tempos em que Dionísio, o Cartuxo, era arrebatado em êxtase pela melodia do órgão da igreja de S. João em 's-Hertogenbosch; a obra de arte não é mais, para o homem moderno, a aparição concreta do divino, que deixa a alma capturada pelo êxtase ou pelo terror sagrado, mas uma ocasião privilegiada para colocar em movimento o seu gosto crítico, aquele juízo sobre a arte que, se não tem para nós verdadeiramente, de algum modo, mais valor que a arte mesma, responde porém certamente a uma necessidade pelo menos igualmente essencial.

Esta se tornou para nós uma experiência tão espontânea e familiar que, é claro, não nos vem à mente interrogar-nos sobre o mecanismo do juízo estético toda vez que, diante de uma obra de arte, nos ocorre, quase sem nos darmos conta disso, a preocupação antes de tudo de saber se se trata de fato de arte e não, na verdade, de falsa arte, não arte, e submetemos,

---

[2] HEGEL, G. W. F. *Estetica*. Ed. it. a cura di N. Merker, p. 16-18. [Ed. bras.: *Cursos de Estética*. Tradução de Oliver Tolle e Marco Aurelio Werle. São Paulo: Edusp, 2001.]

por isso, à nossa meditação – como dizia Hegel – o conteúdo, os meios de manifestação e a adequação ou não de ambos; é inclusive bastante provável que essa misteriosa variedade de reflexo condicionado, com a sua pergunta sobre o ser e sobre o não ser, não seja senão um aspecto de uma atitude muito mais geral que o homem ocidental, desde o seu exórdio grego, adotou quase constantemente frente ao mundo que o circundava, perguntando-se a cada vez τὶ τὸ ὄν, o que é essa coisa que é, e distinguindo o ὄν do μὴ ὄν, aquilo que não é.

Se nos detivermos agora por alguns instantes na meditação mais coerente que o ocidente possui sobre o juízo estético, isto é, sobre a *Crítica do juízo*, de Kant, o que nos surpreende não é tanto que o problema do belo seja apresentado exclusivamente sob a perspectiva do juízo estético – o que é, antes, perfeitamente natural – mas que as determinações da beleza sejam definidas no juízo de modo puramente negativo. Como foi notado, Kant, seguindo o modelo da analítica transcendental, define o belo em quatro momentos, determinando, um após o outro, os quatro caracteres essenciais do juízo estético: segundo a primeira definição, "o gosto é a faculdade de julgar um objeto ou um tipo de representação mediante um prazer ou um desprazer, sem nenhum interesse. O objeto de um semelhante prazer se diz belo" (§5); a segunda definição precisa que "é belo aquilo que agrada universalmente sem conceito" (§6); a terceira, que "a beleza é a forma da finalidade de um objeto enquanto ela é percebida nele sem a representação de um fim" (§17); a quarta acrescenta que "o belo é aquilo que, sem conceito, é reconhecido como objeto de um prazer necessário"[3] (§22).

---

[3] No original italiano, por um erro, aparece "*di un piacere universal*", quando, na verdade, no texto alemão de Kant, lemos "*eines notwendigen Wohlgefallens*", isto é, "de um prazer necessário". Cf. ed. bras.: KANT, Immanuel. *Crítica da Faculdade do Juízo*. Tradução de Valério Rohden e António Marques. Rio de Janeiro: Forense Universitária, 2010. (N.T.)

Frente a esses quatro caracteres da beleza enquanto objeto do juízo estético (isto é, prazer sem interesse, universalidade sem conceito, finalidade sem fim, normalidade sem norma), não podemos nos privar de pensar naquilo que Nietzsche, polemizando contra o longo erro da metafísica, escrevia no *Crepúsculo dos ídolos*, isto é, que "os signos distintivos que foram dados para a verdadeira essência das coisas são os signos característicos do não ser, do *nada*"[4]. Isto é, parece que a cada vez que o juízo estético tenta determinar o que é o belo, ele tem nas mãos não o belo, mas a sua sombra, como se o seu verdadeiro objeto fosse não tanto aquilo que a arte é, mas aquilo que ela não é, não a arte, mas a não arte.

Por pouco que observemos funcionar em nós o seu mecanismo, devemos convir, mesmo que seja de má vontade, que tudo o que o nosso juízo crítico nos sugere diante de uma obra de arte pertence propriamente a essa sombra, e que, separando a arte da não arte, no ato do juízo nós fazemos da não arte o conteúdo da arte, e é apenas nesse molde negativo que conseguimos reencontrar sua realidade. Quando negamos que uma obra tenha o caráter da artisticidade, queremos dizer que nela estão todos os elementos materiais da obra de arte salvo algo de essencial de que depende a sua vida, exatamente como dizemos que em um cadáver estão todos os elementos do corpo vivo, menos aquele inapreensível *quid* que faz dele precisamente um ser vivente. Mas, quando nos encontramos em seguida frente à obra de arte, nos comportamos inconscientemente como um estudante de medicina que aprendeu a anatomia apenas em cadáveres e, diante dos órgãos pulsantes do paciente, deve, para poder se orientar, fazer mentalmente recurso ao seu exemplar anatômico morto.

---

[4] Cf. ed. bras.: NIETZSCHE, Friedrich. *Crepúsculo dos ídolos*. Tradução, notas e posfácio de Paulo César de Souza. São Paulo: Companhia das Letras, 2006. (N.T.)

Qualquer que seja, de fato, a medida de que se sirva o juízo crítico para medir a realidade da obra – a sua estrutura linguística, o elemento histórico, a autenticidade da *Erlebnis*[5] da qual brotou, etc. – este não terá feito, no fim, outra coisa que colocar, no lugar de um corpo vivente, uma interminável estrutura de elementos mortos, e a obra de arte terá se tornado para nós, na verdade, o belo fruto extraído da árvore, do qual falava Hegel, que um destino benévolo nos colocou sob os olhos, sem, no entanto, nos restituir, junto com ele nem o ramo que o sustentou, nem a terra da qual se nutriu, nem o alternar-se das estações que maturou a sua polpa[6]. Aquilo que foi negado é resumido no juízo como seu único conteúdo

---

[5] Em alemão, no original. Tradução: "vivência".

[6] "As estátuas são agora cadáveres cuja força vital se dissolveu, os hinos são palavras que desertaram da fé. As mesas dos deuses estão privadas de comida e de bebidas, e os jogos e as festas não restituem mais à consciência a feliz identidade de si mesma com a essência. Às obras falta a força do espírito que via brotar do confronto violento dos deuses e dos homens a certeza de si mesmo. Elas são doravante aquilo que são para nós: belos frutos extraídos da árvore; um destino benévolo no-las ofereceu, assim como uma menina oferece frutos com seu gesto: não há mais a efetividade do seu ser-aí, nem a árvore que os trouxe, nem a terra, nem os elementos que formaram a sua substância, nem o clima que fazia a sua individualidade, nem o alternar-se das estações que regulava o processo do seu devir. Assim, o destino não nos restitui, junto com a obra de arte, o seu mundo, a primavera e o verão da vida ética em que elas floresceram e amadureceram, mas apenas a lembrança velada ou o recolher-se interior dessa efetividade. A operação que realizamos quando gozamos dessas obras não é, portanto, aquela de um culto divino graças ao qual a nossa consciência atinge a sua verdade, mas a operação exterior que purifica esses frutos de algumas gotas de chuva ou de alguns grãos de poeira e, no lugar dos elementos internos da realidade ética que os circundava e conferia a eles a sua vida e o seu espírito, dispõe a interminável armadura dos elementos mortos da sua existência exterior, a linguagem, o elemento histórico, etc., e não para penetrar na sua vida, mas apenas para poder representá-los em si mesma" (HEGEL, G. W. F. *Phenomenologie des Geisteis*. Hg. Von J. Hoffmeister, p. 523). [Ed. bras.: *Fenomenologia do espírito*. Tradução de Paulo Meneses. Petrópolis: Vozes; Bragança Paulista: Universidade São Francisco, 2002.]

real, e aquilo que foi afirmado é recoberto por essa sombra: e a nossa avaliação da arte começa necessariamente com o esquecimento da arte.

O juízo estético nos confronta, assim, com o paradoxo incômodo de um instrumento do qual não podemos nos privar para conhecer a obra de arte e que, porém, não apenas não nos faz penetrar na sua realidade, mas, remetendo-nos continuamente àquilo que é outro em relação a ela, nos apresenta essa realidade como um puro e simples nada. Semelhante a uma complexa e articulada teologia negativa, a crítica busca onde quer que seja contornar o incontornável, envolvendo-se em sua sombra, com um procedimento que recorda o *isso não, isso não* do Veda e o *nescio, nescio* de S. Bernardo; e, presos nessa laboriosa edificação do nada, não nos damos conta de que a arte se tornou, nesse ínterim, um planeta que volta para nós apenas a sua face obscura, e que o juízo estético não é propriamente senão o *logos*, a reunião da arte e da sua sombra.

Se quiséssemos exprimir com uma fórmula esse seu caráter, poderíamos escrever que o juízo crítico pensa a arte como arte, entendendo assim que, em toda parte e constantemente, ele imerge a arte na sua sombra, pensa a arte como não arte. E é esta arte, isto é, uma pura sombra, que reina como valor supremo sobre o horizonte da *terra aesthetica*; e é provável que não possamos sair desse horizonte até que tenhamos nos interrogado sobre o fundamento do juízo estético.

★★★

O enigma desse fundamento permanece oculto na origem e no destino do pensamento moderno. Desde quando Kant não conseguiu encontrar uma resposta satisfatória para a única pergunta que importa verdadeiramente na história da estética, isto é: "como são possíveis, quanto ao seu fundamento, os juízos estéticos *a priori*?", essa mancha original pesa sobre nós toda vez que pronunciamos um juízo sobre a arte.

Kant tinha se colocado o problema do fundamento do juízo estético como problema da busca de uma solução para a Antinomia do gosto, que, na segunda seção da *Crítica do Juízo*, tinha compendiado nesta forma:

1) Tese: o juízo de gosto não se funda em conceitos, pois, não fosse assim, poderíamos disputar sobre ele (decidir através de provas)[7].

2) Antítese: o juízo de gosto se funda em conceitos, pois, não fosse assim, não poderíamos sequer discutir (pretender a necessária concordância de outrem com esse juízo), qualquer que fosse a diversidade dos juízos[8].

Ele acreditou poder resolver essa antinomia colocando como fundamento do juízo estético algo que tivesse o caráter do conceito, mas que, não sendo de modo algum determinável, não pudesse fornecer então a prova do juízo mesmo, e fosse, portanto, "um conceito com o qual não se conhece nada".

> Mas toda contradição cai – ele escreve – quando eu digo: o juízo de gosto se funda em um conceito (o de um fundamento em geral da finalidade subjetiva da natureza para o juízo), a partir do qual, no entanto, nada pode ser conhecido e provado com respeito ao objeto, porque ele, o conceito, é em si indeterminável e inútil para o conhecimento; todavia, o juízo de gosto recebe através do conceito, ao mesmo tempo, validade para cada um (permanecendo em cada um como juízo singular, que acompanha imediatamente

---

[7] O texto entre parênteses "(decidir através de provas)", com o qual Kant visa definir o sentido do termo "disputar", curiosamente não é citado por Agamben no original em italiano, mas o reproduzimos aqui, pois ele faz parte integrante da Tese no texto da *Crítica do juízo*. Nas citações de Kant, comparamos a tradução de Agamben com o original alemão e fizemos algumas leves modificações quando julgamos necessário. (N.T.)

[8] KANT, Immanuel. *Kritik der Urteilskraft*, § 56. [Ed. bras.: *Crítica da faculdade do juízo*. Tradução de Valério Rohden e António Marques. Rio de Janeiro: Forense Universitária, 2010.]

a intuição); porque, talvez, o princípio determinante do juízo está no conceito daquilo que pode ser considerado como o substrato suprassensível da humanidade. [...] Somente o princípio subjetivo, isto é, a ideia indeterminada do suprassensível em nós, pode ser mostrado como a única chave para explicar essa faculdade cujas fontes permanecem ocultas para nós; mas não é possível torná-la compreensível de nenhum outro modo[9].

Provavelmente Kant se dava conta de que essa fundação do juízo estético através de uma ideia indeterminada assemelhava-se mais a uma intuição mística do que à posição de um sólido fundamento racional, e que as "fontes" do juízo permaneciam, desse modo, enredadas no mais impenetrável mistério; mas sabia também que, uma vez concebida a arte em uma dimensão estética, não restava nenhuma outra via de saída para pôr a razão em acordo consigo mesma.

Ele tinha, de fato, inconscientemente percebido a dilaceração inerente ao juízo sobre o belo da arte, quando, confrontando-o com o juízo sobre o belo da natureza, se convenceu de que, enquanto para este último nós não temos necessidade de ter antecipadamente o conceito daquilo que o objeto deva ser, para julgar o belo da arte temos necessidade de tê-lo, porque no fundamento da obra está algo que é outro e distinto de nós, isto é, o livre princípio criativo-formal do artista.

Isso o levava a opor o gosto — como faculdade que julga — ao gênio — como faculdade que produz; e, para conciliar a radical estranheza dos dois princípios, ele devia recorrer à ideia mística do substrato suprassensível que está no fundamento de ambos.

O problema de Rameau, o da cisão entre gosto e gênio, continua, portanto, a reinar secretamente no problema da

---

[9] KANT, Immanuel. *Kritik der Urteilskraft*, §§ 57-9. [A tradução de Agamben foi modificada a partir da comparação com o original alemão de Kant.]

origem do juízo estético, e a imperdoável leviandade com a qual Croce acreditou resolvê-lo – identificando o juízo com a produção estética e escrevendo que "a diferença (entre gosto e gênio) consiste apenas na diversidade das circunstâncias, porque em uma ocasião se trata de produção e na outra de reprodução estética"[10], como se o enigma não estivesse exatamente nessa "diversidade de circunstâncias" – é uma testemunha de quão profundamente aquele dissídio está inscrito no destino da modernidade e de como o juízo estético começa necessária e propriamente com o esquecimento das suas próprias origens.

No horizonte da nossa apreensão estética, a obra de arte permanece sujeita a uma espécie de lei da degradação da energia, para a qual ela é algo a que não se pode jamais remontar de um estado sucessivo à sua criação. Como um sistema físico, isolado do exterior, ela pode passar do estado A ao estado B, mas não é de modo algum possível depois reestabelecer o estado inicial; assim, uma vez que a obra foi produzida, não há nenhum meio de voltar a ela através do caminho inverso do gosto. Por mais que procure reparar a sua dilaceração, o juízo estético não pode fugir desta que se poderia chamar de a lei de degradação da energia artística. E se um dia a crítica tiver que ser submetida a um processo, a acusação contra a qual seria menos capaz de se defender seria exatamente aquela sobre o escasso espírito crítico de que soube dar prova com respeito a si mesma, deixando de se interrogar sobre as próprias origens e sobre o próprio sentido.

Mas, como foi dito, a história não é um ônibus do qual se possa descer, e, malgrado esse defeito de origem e por mais contraditório que isso possa nos parecer, o juízo estético se tornou, nesse ínterim, o órgão essencial da nossa sensibilidade frente à obra de arte. A tal ponto que, das cinzas da Retórica,

---

[10] CROCE, Benedetto. *Estetica*. 9. ed., p. 132. [*Estetica come scienza dell'espressione e lingustica generale*. Bari: Laterza, 1965. p. 32.]

ele fez nascer uma ciência que, na sua estrutura atual, não tem correspondente em nenhuma outra época, e que criou uma figura, a do crítico moderno, cuja única razão de ser e cuja única tarefa exclusiva é o exercício do juízo estético.

Essa figura traz, na sua atividade obscura, as contradições da sua origem: onde quer que o crítico encontre a arte, ele a reconduz ao seu oposto, dissolvendo-a na não arte; onde quer que exercite a sua reflexão, traz o não ser e a sombra, como se para adorar a arte não tivesse outro meio senão o de celebrar uma espécie de missa negra ao *deus inversus* da não arte. Se percorrermos a imensa quantidade dos escritos dos *lundistes*[11] oitocentistas, do mais obscuro ao mais célebre, notamos com estupor que a maior consideração e o espaço mais amplo não são reservados aos bons artistas, mas aos medíocres e aos ruins. Proust não podia ler sem vergonha o que Sainte-Beuve escrevia de Baudelaire e de Balzac, e observava que, se todas as obras do século XIX fossem queimadas, exceto os *Lundis*[12], e devêssemos, por isso, nos fazer uma ideia da importância dos escritores baseando-nos apenas neles, Stendhal e Flaubert nos pareceriam inferiores a Charles de Bernard, a Vinet, a Molé, a Ramond e a outros escritores de terceira categoria[13]. Todo o século que se definiu (*sans doute par antiphrase*[14], escreveu ironicamente Jean Paulhan) como o século da crítica parece dominado de uma ponta à outra pelo princípio de que o bom crítico deve se enganar, se equivocar quanto à importância do

---

[11] Em francês, no original. O termo francês *lundiste* significa "aquele ou aquela que, todas as segundas-feiras, publica um artigo em um jornal diário". De *lundi*, "segunda-feira". (N. T.)

[12] Em francês, no original. Os escritos publicados às segundas-feiras pelos *lundistes*. (N. T.)

[13] A observação se encontra no estudo inconcluso sobre Sainte-Beuve que ocupou Proust nos anos imediatamente anteriores à redação da *Recherche* (*Contre Sainte-Beuve* ([Paris: Gallimard,]1954), p. 160).

[14] Em francês, no original. Tradução: "sem dúvida por antífrase". (N. T.)

bom escritor:Villemain polemiza com Chateaubriand; Brunetière nega Stendhal e Flaubert; Lemaire,Verlaine e Mallarmé; Faguet, Nerval e Zola; e, para nos referirmos a tempos mais próximos de nós, basta recordar o juízo apressado com o qual Croce liquidou Rimbaud e Mallarmé.

E, todavia, se olharmos mais de perto, isso que parece um erro fatal se revela ser, ao contrário, o único modo que o crítico tem de permanecer fiel à sua tarefa e à sua culpa de origem. Se ele não remetesse continuamente a arte à sua sombra, se ele, distinguindo arte e não arte, não fizesse a cada vez desta o conteúdo da arte, expondo-se, assim, ao risco de confundi-las, a nossa ideia estética da arte perderia toda consistência. A obra de arte não encontra mais, de fato, o seu fundamento – como no tempo em que o artista estava ligado, em identidade imediata, à fé e às concepções do seu mundo – na unidade da subjetividade do artista com o seu conteúdo, de modo que o espectador possa imediatamente encontrar nela a verdade mais alta da própria consciência, isto é, o divino.

A verdade suprema da obra de arte é, agora, como vimos no capítulo precedente, o puro princípio criativo-formal que explica, nela, a sua potência, independentemente de todo e qualquer conteúdo; o que significa que, para o espectador, aquilo que, na obra de arte, é essencial é exatamente aquilo que para ele é, na realidade, estranho e privado de essência, ao passo que aquilo que ele encontra de si mesmo na obra, isto é, o conteúdo que ele pode enxergar nela, não lhe aparece mais como uma verdade que encontra na obra mesma a sua expressão necessária, mas é algo de que ele já está plenamente consciente por sua própria conta como sujeito pensante, e que ele pode, portanto, crer, legitimamente, ser capaz, ele mesmo, de expressar. Assim, a condição de Rafael sem mãos é hoje, em um certo sentido, a condição espiritual normal de um espectador que de fato se importa com a obra de arte, e a experiência da arte não pode ser doravante senão a experiência de uma dilaceração absoluta. "O juízo idêntico no qual uma mesma personalidade é tanto sujeito quanto predicado" é também necessariamente (como Hegel tinha compreendido, calcando em Rameau a sua dialética da dilaceração) "o juízo infinito, porque essa personalidade é absolutamente cindida, e sujeito e predicado são apenas duas entidades indiferentes que não têm nada a ver uma com a outra"[15].

No juízo estético, o ser-para-si tem por objeto o seu ser-para-si, mas como absolutamente Outro, e, ao mesmo tempo, imediatamente como si próprio; ele é essa pura dilaceração e essa ausência de fundamento que derivam infinitamente sobre o oceano da forma sem poder jamais alcançar a terra firme.

Se o espectador consente ao radical estranhamento dessa experiência e, deixando para trás todo conteúdo e todo suporte, aceita entrar no círculo da absoluta perversão, ele – se não quer que a ideia mesma de arte se precipite nesse círculo – não tem outro modo de se reencontrar senão assumindo integralmente a própria contradição. Isto é, deve dilacerar a própria dilaceração, negar a própria negação, suprimir o seu ser suprimido; ele é a absoluta vontade de ser outro e o movimento que divide e, ao mesmo tempo, reúne a madeira que se descobre violino e o violino, o cobre que acorda clarim e o clarim[16]; e, nessa alienação, se possui e, possuindo-se, se aliena.

O espaço que sustenta o museu é essa incessante e absoluta negação de si mesmo e do outro, na qual a dilaceração encontra por um átimo a sua conciliação e, negando-se, o

---

[15] HEGEL, G. W. F. *Phenomenologie des Geisteis*. Hg. Von J. Hoffmeister, p. 370. [Ed. bras.: *Fenomenologia do Espírito*. Tradução de Paulo Meneses. Petrópolis: Vozes; Bragança Paulista: Universidade São Francisco, 2002.]

[16] "Je est un autre. Tant pis pour le bois qui se trouve violon..." ["Eu é um outro. Tanto pior para a madeira que se descobre violino..."] (Rimbaud, *Lettre à Georges Izambard*, 13 de maio de 1871); "Je est un autre. Si le cuivre s'éveille clairon..." ["Eu é um outro. Se o cobre desperta clarim..." (*Lettre à Paul Demeny*, 15 de maio de 1871). [In: *Oeuvres*. Ed. Suzanne Bernard. Paris: Garnier, 1964. p. 344-345].

espectador se aceita, para voltar a imergir, no instante seguinte, em uma nova negação. Nesse abismo inquietante ganha o seu fundamento a nossa apreensão estética da arte: o seu valor positivo na nossa sociedade e a sua consistência metafísica no céu da esteticidade repousam no trabalho de negação desse nada que cansativamente gira em torno do próprio aniquilamento; e apenas nesse passo para trás que a fazemos cumprir na direção da sua sombra, a obra de arte reconquista para nós uma dimensão familiar e racionalmente indagável.

Se é, portanto, verdadeiro que o crítico conduz a arte à sua negação, é, porém, apenas nessa sombra e nessa morte que a arte (a nossa ideia estética da arte) se sustenta e encontra a sua realidade. E o crítico acaba, assim, por se assemelhar ao Grande Inquisidor do poemeto composto por Ivan Karamazov, que, para tornar possível um mundo cristão, deve negar Cristo quando o encontra diante dos olhos.

Esse irritante mas insubstituível instrumento da nossa apreensão estética da arte parece, porém, atravessar hoje uma crise que poderia conduzir ao seu eclipse. Em uma das *Considerações inamistosas*[17] recolhidas por Musil no volume *Nachlass zu Lebzeiten* (que se poderia traduzir por *Obras póstumas publicadas em vida*), ele tinha se colocado jocosamente a pergunta "se o *Kitsch*, acrescido de uma e depois de duas dimensões, não se tornou mais suportável e cada vez menos *Kitsch*", e, procurando, através de um curioso cálculo matemático, descobrir a relação entre o *Kitsch* e a arte, tinha chegado à conclusão de que eles parecem ser exatamente a mesma coisa. Depois que o juízo estético nos ensinou a distinguir

---

[17] Cf. MUSIL, Robert. *O Melro e outros escritos de Obra póstuma publicada em vida*. Tradução de Nicolino de Simone Neto. São Paulo: Nova Alexandria, 1996. (N.T.)

a arte da sua sombra e a autenticidade da inautenticidade, a nossa experiência começa a nos colocar, no entanto, frente à embaraçosa verdade segundo a qual é exatamente à não arte que devemos hoje as nossas mais originais emoções estéticas. Quem não conheceu ao menos uma vez, frente ao *Kitsch*, uma sensação prazerosa libertadora, afirmando – contra toda sugestão do seu gosto crítico – : este objeto é esteticamente feio e, todavia, me apraz e me comove? Dir-se-ia que toda a vasta zona do mundo externo e da nossa sensibilidade que o juízo crítico tinha jogado no limbo da não arte começou a adquirir consciência da própria necessidade e da própria função dialética e, rebelando-se da tirania do bom gosto, se apresentou exigindo os seus direitos.

Mas um outro e bem mais extravagante fenômeno se apresenta hoje à nossa reflexão. Enquanto a obra de arte se tornou inteligível para nós apenas através do confronto com a sua sombra, para avaliar a beleza dos objetos naturais (como já Kant havia intuído) não tínhamos até agora nenhuma necessidade de medi-los com o seu negativo. Assim, certamente não teria ocorrido a ninguém se perguntar se um temporal tinha sido mais ou menos bem-sucedido ou se uma flor era mais ou menos original, porque por trás de uma produção natural o nosso juízo não distinguia a estranheza de um princípio formal, ao passo que essa pergunta se nos apresentava espontaneamente diante de um quadro, de um romance ou qualquer outra obra do gênio.

Se observarmos agora aquilo que a nossa experiência nos oferece, nos daremos conta de que essa relação está se invertendo sob os nossos próprios olhos. A arte contemporânea nos apresenta, de fato, de modo cada vez mais frequente, produções frente às quais não é mais possível recorrer ao tradicional mecanismo do juízo estético, e para as quais a dupla antagonista *arte, não arte* nos parece absolutamente inadequada. Diante de um *ready-made*, por exemplo, no qual a estranheza do princípio criativo-formal foi substituída pelo estranhamento do objeto não artístico que é imerso à força na esfera da arte, o juízo crítico se confronta, por assim dizer, imediatamente consigo mesmo ou, para ser mais preciso, com a própria imagem invertida: o que ele deve reconduzir à não arte é, de fato, já por si mesmo não arte e a sua operação se exaure, assim, em uma simples verificação de identidade. A arte contemporânea, nas suas mais recentes tendências, levou esse processo ainda mais adiante e acabou por realizar aquele *reciprocal ready-made* em que pensava Duchamp quando sugeria usar um Rembrandt como mesa de passar roupa. A sua objetualidade explícita tende, através de furos, manchas, fissuras e o uso de materiais extrapictóricos, a identificar cada vez mais a obra de arte com o produto não artístico. Tomando consciência da própria sombra, a arte acolhe, assim, imediatamente em si a própria negação e, superando a distância que a separava da crítica, torna-se, ela mesma, o *logos* da arte e da sua sombra, isto é, reflexão crítica sobre a arte, arte.

Na arte contemporânea, é o juízo crítico que põe a nu a sua própria dilaceração e, assim fazendo, suprime e torna supérfluo o seu próprio espaço.

Ao mesmo tempo, um processo contrário se verifica no nosso modo de considerar a natureza. Se, por um lado, de fato, não somos mais capazes de julgar esteticamente a obra de arte, por outro, a nossa inteligência da natureza se ofuscou de tal modo e, além disso, a presença nela do elemento humano se potencializou de tal modo que, diante de uma paisagem, nos ocorre espontaneamente compará-la à sua sombra, perguntando-nos se ela é esteticamente bela ou feia, e conseguimos cada vez com maior dificuldade distinguir de uma obra de arte um precipitado mineral ou um pedaço de lenha corroído e deformado pela ação química do tempo.

Assim, nos parece natural falar hoje de uma *conservação da paisagem* como se fala de uma conservação da obra de arte, mas ambas as ideias teriam em outras épocas parecido inconcebíveis; e é provável que, como existem institutos para o restauro de obras de arte, chegaremos em breve a criar institutos para o restauro da beleza natural, sem nos darmos conta de que essa ideia supõe uma transformação radical da nossa relação com a natureza e que a incapacidade de se inserir na paisagem sem deturpá-la e o desejo de purificá-la dessa inserção não são senão os dois lados de uma mesma moeda. Isso que se apresentava ao juízo estético como absoluta estranheza se tornou agora algo de familiar e de natural, enquanto o belo natural, que era, para o nosso juízo, uma realidade familiar, se tornou algo de radicalmente estranho: a arte se tornou natureza, e a natureza se tornou arte.

O primeiro efeito dessa inversão é que a crítica perdeu a sua função própria, isto é, o exercício daquele juízo que definimos como o *logos* da arte e da sua sombra, para se tornar pesquisa científica sobre a arte segundo os esquemas da teoria da informação (que considera a arte precisamente *para aquém* da distinção entre arte e não arte) ou para se tornar, no melhor dos casos, busca do impossível sentido da arte em uma perspectiva in-estética, que acaba, porém, por cair de novo no interior da estética.

O juízo crítico parece, portanto, atravessar um eclipse sobre cuja duração e sobre cujas consequências podemos levantar apenas hipóteses. Uma delas — e não é certamente a menos otimista — é que, se não começarmos precisamente agora a nos interrogar com toda energia sobre o fundamento do juízo crítico, a ideia de arte, assim como nós a conhecemos, acabará por se desvanecer e nos escorrer por entre os dedos, sem que uma nova ideia possa ocupar satisfatoriamente o seu posto.

A não ser que nós não nos decidamos a extrair desse provisório ofuscamento a pergunta capaz de fazer arder, da cabeça aos pés, a fênix do juízo estético e de fazer renascer das suas cinzas um modo mais original, isto é, mais inicial de pensar a arte.

CAPÍTULO SEXTO
Um nada que nadifica a si mesmo

No último livro da *República*, Platão nos informa, para que ninguém possa acusá-lo de insensibilidade e de rudeza por ter banido a poesia da sua cidade, que o divórcio entre a filosofia e a poesia (διαφορὰ φιλοσοφίᾳ τε καὶ ποιητικῇ) já era considerado, no seu tempo, algo como uma velha inimizade (παλαιὰ ἐναντίωσις); e, para provar a sua afirmação, cita algumas expressões pouco reverentes que os poetas tinham dirigido contra a filosofia, definindo-a como "a cadela que, ganindo, late contra seu dono", "a banda dos filósofos que dominaram Zeus", "grande em conversações fúteis e banais" e assim por diante[1]. Se quiséssemos fixar em grandes linhas a enigmática história desse divórcio que domina o destino da cultura ocidental de um modo bem mais decisivo do que o nosso hábito nos permite perceber, é provável que o segundo evento fundamental, depois do banimento platônico, deveria ser identificado naquilo que Hegel escreve sobre a arte na primeira parte das suas *Lições de estética*.

Aqui lemos que, "se nós damos, por um lado, à arte esse alto posto, é, porém, por outro lado, igualmente a ser lembrado

---

[1] PLATÃO. *República*, 607b.

que a arte não é, tanto com respeito ao conteúdo quanto à forma, o modo supremo e absoluto de trazer ao conhecimento do espírito os seus verdadeiros interesses...". "Qualquer que seja a atitude que se queira assumir frente a isso, é certo que a arte não traz mais aquela satisfação das necessidades espirituais que as épocas e os povos precedentes nela buscaram e somente nela encontraram... Sob todos esses aspectos, quanto à sua destinação suprema, a arte é e permanece para nós um passado... A arte não vale mais para nós como o modo mais alto no qual a verdade dá a si mesma sua existência... Pode-se, sim, esperar que a arte se eleve e se aperfeiçoe sempre mais, mas a sua forma cessou de ser a exigência suprema do espírito"[2].

É comum esquivar esse juízo de Hegel, objetando que, desde a época em que ele escrevia o seu elogio fúnebre, a arte produziu inumeráveis obras-primas e assistimos ao nascimento de outros tantos movimentos estéticos; e que, por outro lado, a sua afirmação era ditada pelo propósito de deixar à filosofia a preeminência dentre as outras formas do Espírito absoluto; mas quem quer que tenha lido as *Lições de estética* sabe que Hegel não tinha jamais pretendido negar a possibilidade de um ulterior desenvolvimento da arte e que ele considerava a filosofia e a arte de um ponto de vista elevado demais para se deixar guiar por uma motivação tão pouco "filosófica". Ao contrário, o fato de que um pensador como Heidegger, cuja meditação sobre o problema das relações entre a arte e a filosofia, que "moram vizinhas nas montanhas mais separadas", representa, talvez, o terceiro e decisivo evento na história da διαφορά, tenha partido das lições hegelianas para voltar a se perguntar "se a arte é ainda ou não é mais o modo necessário e essencial do advento da verdade que decide do nosso

---

[2] HEGEL, G.W. F. *Estética*. Ed. it. a cura de N. Merker, p. 14-16. [Ed. bras.: *Cursos de estética*. Tradução de Oliver Tolle e Marco Aurelio Werle. São Paulo: Edusp, 2001.]

ser-aí histórico"[3], deveria nos induzir a não tomar de modo superficial a palavra de Hegel sobre o destino da arte.

Se observarmos com maior atenção o texto das *Lições de estética*, nos daremos conta de que Hegel não fala em nenhum lugar de uma "morte" da arte, ou de um exaurir-se ou de um extinguir-se gradual da sua força vital; ele diz, no entanto, que "no progredir do desenvolvimento cultural de todo povo chega em geral o momento em que a arte remete para além de si mesma"[4] e fala expressamente muitas vezes de "uma arte que vai além de si mesma"[5]. Longe de encarnar, com o seu juízo, como considerava Croce, uma tendência antiartística, Hegel pensa a arte, ao contrário, do modo mais elevado possível, isto é, *a partir da sua autossuperação*. O seu juízo não é de modo algum um puro e simples elogio fúnebre, mas uma meditação sobre o problema da arte no limite extremo do seu destino, quando ela se desprende de si mesma para se mover no puro nada, suspensa em um tipo de limbo diáfano entre o não-ser-mais e o seu não-ser-ainda.

O que quer dizer, então, que a arte foi além de si mesma? Significa verdadeiramente que a arte se tornou para nós um passado? Que ela desceu nas trevas de um definitivo crepúsculo? Ou quer dizer, na verdade, que ela, cumprindo o círculo do seu destino metafísico, penetrou novamente na aurora de uma origem na qual não apenas o seu destino, mas o do próprio homem poderia ser posto em questão de modo inicial?

Para responder a essa questão, devemos dar um passo atrás e voltar ao que escrevemos no capítulo IV sobre a dissolução da identidade da subjetividade artística com a sua matéria; e,

---

[3] HEIDEGGER, Martin. *Der Ursprung des Kunstwerkes.* In: *Holzwege* (1950), p. 67. [Tradução portuguesa: *A origem da obra de arte.* In: *Caminhos de floresta.* Coordenação científica da edição e tradução de Irene Borges-Duarte. Lisboa: Fundação Calouste Gulbenkian, 2002.]

[4] HEGEL, G. W. F. *Estética.* Ed. it. a cura de N. Merker, p. 120.

[5] HEGEL, G. W. F. *Estética.* Ed. it. a cura de N. Merker, p. 679.

retomando do ponto de vista do artista o processo que seguimos até agora apenas do ponto de vista do espectador, nos perguntar que coisa acontece com o artista que, tornado uma *tabula rasa* nos confrontos tanto com a matéria quanto com a forma da sua produção, descobre que nenhum conteúdo se identifica mais imediatamente com a intimidade da sua consciência.

Pareceria à primeira vista que, diferentemente do espectador, que se vê às voltas na obra de arte com a absoluta estranheza, ele possui imediatamente o seu próprio princípio no ato da criação e se encontra, por isso, para usar a expressão de Rameau, na condição de ser o único Memnão em meio a tantos fantoches. Mas não é assim. Aquilo de que o artista faz a experiência na obra de arte é, de fato, que a subjetividade artística é a essência absoluta, para a qual toda matéria é indiferente: mas o puro princípio criativo-formal, cindido de todo conteúdo, é a absoluta inessencialidade abstrata que nadifica e dissolve todo conteúdo em um contínuo esforço para transcender e realizar a si mesma. Se o artista busca, agora, em um conteúdo ou em uma fé determinada, a própria certeza, ele vive uma mentira, porque sabe que a pura subjetividade artística é a essência de qualquer coisa; mas se busca nela a própria realidade, ele se vê na condição paradoxal de ter que encontrar a sua própria essência exatamente naquilo que é inessencial, de encontrar o próprio conteúdo naquilo que é apenas forma. A sua condição é, por isso, a dilaceração radical: e, fora dessa dilaceração, nele tudo é mentira.

Frente à transcendência do princípio criativo-formal, o artista pode, sim, abandonando-se à sua violência, tentar viver esse princípio como um novo conteúdo no declínio geral de todos os conteúdos, e fazer da sua dilaceração a experiência fundamental a partir da qual uma nova estação humana se torne possível; ele pode, como Rimbaud, aceitar possuir-se apenas na extrema alienação ou, como Artaud, buscar no além teatral da arte o cadinho alquímico no qual o homem possa no fim refazer o próprio corpo e conciliar a própria dilaceração; mas, ainda que acredite ser conduzido assim à altura do próprio princípio e, nessa tentativa, tenha realmente penetrado em uma zona onde nenhum outro homem gostaria de segui-lo, na proximidade de um risco que o ameaça mais profundamente que qualquer outro mortal, o artista permanece ainda aquém da sua essência, porque, de agora em diante, perdeu definitivamente o seu conteúdo, que não tem outra identidade senão um perpétuo emergir no nada da expressão e outra consistência senão essa incompreensível estação aquém de si mesmo.

Os românticos, refletindo sobre essa condição do artista que fez em si a experiência da infinita transcendência do princípio artístico, tinham chamado de *ironia* a faculdade através da qual ele se separa do mundo das contingências e corresponde àquela experiência na consciência da própria absoluta superioridade sobre todo conteúdo. *Ironia* significava que a arte devia se tornar objeto para si mesma e, não encontrando mais serenidade em um conteúdo qualquer que fosse, podia de agora em diante apenas representar a potência negadora do eu poético que, negando, se eleva continuamente acima de si mesmo em um infinito desdobramento.

Baudelaire teve consciência dessa paradoxal condição do artista na idade moderna e, em um breve escrito que traz o título, aparentemente anódino, *De l'essence du rire*[6], nos deixou um tratado sobre a ironia (que ele chama: *comique absolu*[7]) que leva a teoria de Schlegel às suas extremas e mortais consequências. "O riso", ele diz, "nasce da ideia da própria superioridade", da transcendência do artista com respeito a si mesmo. Em sentido próprio, ele prossegue, o riso era desconhecido na Antiguidade, e está reservado ao nosso tempo, no qual todo fenômeno artístico está fundado sobre a existência no artista "de uma dualidade permanente, a capacidade de ser ao mesmo tempo si mesmo e outro... o artista não é artista

---

[6] Em francês, no original. Tradução: "A essência do riso". (N.T.)

[7] Em francês, no original. Tradução: "Cômico absoluto". (N.T.)

senão com a condição de ser duplo e de não ignorar nenhum fenômeno da sua dupla natureza"[8].

O riso é exatamente a resultante necessária desse desdobramento; preso na sua infinita dilaceração, o artista está exposto a uma ameaça extrema e acaba por se assemelhar ao Melmoth do romance de Maturin[9], condenado a não poder jamais se libertar da própria superioridade adquirida através de um pacto diabólico: como ele, o artista "é uma contradição vivente. Ele saiu das condições fundamentais da vida; os seus órgãos não suportam mais o seu pensamento"[10].

Hegel tinha já se dado conta dessa vocação destrutiva da ironia. Analisando, nas *Lições de estética*, as teorias de Schlegel, ele tinha visto na nadificação unilateral de toda determinação e de todo conteúdo um modo extremo de o sujeito se referir a si mesmo, isto é, um modo extremo de se ganhar consciência de si; mas ele tinha compreendido também que, no seu processo destrutivo, a ironia não podia se deter no mundo externo e devia fatalmente voltar contra si mesma a sua própria negação. O sujeito artístico, que se elevou como deus sobre o nada da sua criação, cumpre agora a sua obra negativa destruindo o princípio mesmo da negação: ele é um deus que se autodestrói. Para definir esse destino da ironia, Hegel se serve da expressão *ein Nichtiges, ein sich Vernichtendes*, "um nada que se autonadifica"[11]. No limite extremo do seu destino, quando todos os deuses

---

[8] BAUDELAIRE, Charles. *De l'essence du rire*, §§ 3 e 6. [De l'essence du rire et généralement du comique dans les arts plastiques. In: *Oeuvres complètes*. Ed. Claude Pichois. Paris: Gallimard, 1976. v. 2. p. 530 e 543. Ed. bras.: Da essência do riso e, de um modo geral, do cômico nas artes plásticas. In: *Escritos sobre arte*. Tradução de Paulo Augusto Coelho. São Paulo: Hedra, 2008.]

[9] *Melmoth the Wanderer* é um romance gótico publicado em 1820, escrito por Charles Robert Maturin. O personagem central, Melmoth, é um *scholar* que vende sua alma ao diabo em troca de mais 150 dias de vida. (N.T.)

[10] BAUDELAIRE, Charles. *De l'essence du rire*, § 3.

[11] HEGEL, G. W. F. *Estética*. Ed. it. a cura de N. Merker, p. 79.

se precipitam no crepúsculo do seu riso, a arte é apenas uma negação que nega a si mesma, um *nada que se autonadifica*.

Se voltarmos agora a nos propor a pergunta: o que acontece com a arte? O que significa o fato de que a arte remete para além de si mesma? – podemos talvez responder: a arte não morre, mas, transformada em um nada que se autonadifica, sobrevive eternamente a si mesma. Ilimitada, privada de conteúdo, dupla no seu princípio, ela vaga no nada da *terra aesthetica*, em um deserto de formas e de conteúdos que lhe reenviam continuamente a própria imagem, que ela evoca e imediatamente abole na impossível tentativa de fundar a própria certeza. O seu crepúsculo pode durar mais que o curso inteiro da sua jornada, porque a sua morte é, precisamente, não poder morrer, não poder mais ter como sua medida a origem essencial da obra. A subjetividade artística sem conteúdo é agora a pura força da negação que, onde quer que seja e em qualquer instante, afirma apenas a si mesma como absoluta liberdade que se espelha na pura consciência de si. E, como todo conteúdo nela se precipita, também assim nela desaparece o espaço concreto da obra, no qual o "fazer" do homem e o mundo encontravam ambos a sua realidade na imagem do divino, e a habitação do homem sobre a terra ganhava a cada vez a sua medida diametral. No puro sustentar-se a si mesmo do princípio criativo-formal, a esfera do divino se ofusca e se retrai: e é na experiência da arte que o homem toma consciência, do modo mais radical, do evento no qual já Hegel via o traço essencial da consciência infeliz e que Nietzsche colocou nos lábios do seu insano: "Deus está morto"[12].

Presa na dilaceração dessa consciência, a arte não morre; ao contrário, ela está precisamente na impossibilidade de morrer. Onde quer que ela procure concretamente a si mesma,

---

[12] NIETZSCHE, Friedrich. *A gaia ciência*. Tradução, notas e posfácio de Paulo César de Souza. São Paulo: Companhia das Letras, 2001. § 125. p. 147-148. (N. T.)

o *Museum Theatrum* da estética e da crítica a lança na pura inessencialidade do seu princípio. No panteão abstrato dessa autoconsciência vazia, ela recolhe todos os deuses particulares que nela encontraram a sua realidade e o seu ocaso: e a sua dilaceração penetra agora, como um único e imóvel centro, a variedade das figuras e das obras que a arte produziu no seu devir. O tempo da arte parou, "mas na hora que compreende todas as outras do quadrante, e entrega todas em consignação à duração de um átimo infinitamente recorrente"[13].

Inalienável e, todavia, perpetuamente estranha a si mesma, a arte quer e busca ainda a sua lei, mas, uma vez que o seu nexo com o mundo real se ofuscou, em qualquer lugar e em qualquer ocasião ela quer o real precisamente como Nada: ela é o Nadificante que atravessa todos os seus conteúdos sem poder jamais alcançar uma obra positiva, porque não pode mais se identificar com nenhum deles. E, na medida em que a arte se tornou a pura potência da negação, na sua essência reina o niilismo. O parentesco entre arte e niilismo atinge por isso uma zona de indecidibilidade mais profunda do que aquela em que se movem as poéticas do esteticismo e do decadentismo: ela desdobra o seu reino a partir do fundamento impensado da arte ocidental tendo alcançado o ponto extremo do seu itinerário metafísico. E se a essência do niilismo não consiste simplesmente em uma inversão dos valores admitidos, mas permanece velada no destino do homem ocidental e no segredo da sua história, a sorte da arte no nosso tempo não é algo que possa ser decidido no terreno da crítica estética ou da linguística. A essência do niilismo coincide com a essência da arte no ponto extremo do seu destino pelo fato de que em ambos o ser se destina ao homem como Nada. E enquanto o niilismo governar secretamente o curso da história do ocidente, a arte não sairá do seu interminável crepúsculo.

---

[13] URBANI, Giovanni. *Vacchi* (Catalogo della mostra, Roma, 1962).

CAPÍTULO SÉTIMO

A privação é como um rosto

Se a morte da arte é a incapacidade na qual ela se encontra de atingir a dimensão concreta da obra, então a crise da arte no nosso tempo é, na realidade, uma crise da poesia, da ποίησις. Ποίησις, poesia, não designa aqui uma arte entre outras, mas é o nome do *fazer* mesmo do homem, daquele operar produtivo do qual o *fazer* artístico é apenas um exemplo eminente e que parece hoje estender, em uma dimensão planetária, a sua potência no fazer da técnica e da produção industrial. A pergunta sobre o destino da arte toca aqui uma zona na qual toda a esfera da ποίησις humana, o agir pro-dutivo na sua integridade, é posto em questão de modo original. Esse fazer pro-dutivo (na forma do trabalho) determina hoje em toda parte o estatuto do homem sobre a terra, entendido a partir da práxis, isto é, da produção da vida material; e é precisamente porque afunda as suas raízes na essência alienada dessa ποίησις e faz a experiência da "degradante divisão do trabalho em trabalho manual e trabalho intelectual", que o modo como Marx pensou a condição do homem e a sua história mantém toda a sua atualidade. O que significa, então, ποίησις, poesia? O que quer dizer a afirmação de que o homem tem, sobre a terra, um estatuto poético, isto é, pro-dutivo?

Em uma frase do *Banquete*, Platão nos diz qual é a plena ressonância original da palavra ποίησις: ἡ γὰρ τοι ἐκ τοῦ μὴ ὄντος εἰς τὸ ὄν ἰόντι ὁτῳοῦν αἰτία πᾶσά ἐστι ποίησις, "qualquer que seja a causa capaz de fazer passar algo do não ser ao ser é ποίησις"[1]. Toda vez que algo é pro-duzido, isto é, é levado da ocultação e do não ser à luz da presença, tem-se ποίησις, pro-dução[2], poesia. Nesse amplo sentido originário da palavra, toda arte – e não apenas aquela que se serve da palavra – é poesia, pro-dução na presença, assim como é ποίησις a atividade do artesão que fabrica um objeto. Também a natureza, a φύσις, enquanto nela toda coisa se conduz à presença espontaneamente, tem o caráter da ποίησις.

No segundo livro da *Física*, Aristóteles distingue, porém, aquilo que, sendo por natureza (φύσει), tem em si mesmo a própria ἀρχή, isto é, o princípio e a origem do próprio ingresso na presença, daquilo que, sendo por outras causas (δι᾽ ἄλλας αἰτίας), não tem em si mesmo o próprio princípio, mas o encontra na atividade pro-dutiva do homem[3]. Desse segundo gênero de coisas, os gregos diziam que ele era, isto é, entrava na presença, ἀπὸ τέχνης, a partir da *técnica*, e τέχνη era o nome que designava unitariamente tanto a atividade do artesão que forma um vaso ou um utensílio, quanto a do artista que plasma uma estátua ou escreve uma poesia. Ambas as formas de atividade tinham em comum o caráter essencial

---

[1] PLATÃO. *Banquete*, 205b.

[2] Escreveremos doravante pro-dução e pro-duto para indicar o caráter essencial da ποίησις, isto é, a pro-dução na presença; por sua vez, pro-dução e produto para nos referirmos em particular ao fazer da técnica e da indústria.

[3] ARISTÓTELES. *Física*, 192b. Para uma iluminante interpretação do segundo livro dessa obra de Aristóteles, cf. HEIDEGGER, Martin. *Vom Wesen und Begriff der φύσις. Aristoteles' Physik*, B, I. (1939), atualmente em *Wegmarken* (1967), p. 309-371. [Ed. bras.: A essência e o conceito de φύσις em Aristóteles – Física B, 1 (1939). In: *Marcas do caminho*. Tradução de Enio Paulo Giachini e Ernildo Stein. Petrópolis: Vozes, 2008.]

de ser um gênero da ποίησις, da pro-dução na presença, e era esse caráter *poiético* que os reconduzia e, ao mesmo tempo, os distinguia da φύσις, da natureza, entendida como o que tem em si mesmo o princípio do próprio ingresso na presença. Por outro lado, segundo Aristóteles, a pro-dução operada a partir da ποίησις tem sempre o caráter de instalação em uma forma (μορφὴ καὶ εἶδος), no sentido de que passar do não ser ao ser significa ganhar uma figura, assumir uma forma, porque é precisamente na forma e a partir de uma forma que o que é produzido entra na presença.

Se nos voltarmos agora da Grécia para o nosso tempo, nos daremos conta de que esse estatuto unitário dos μὴ φύσει ὄντα como τέχνη se quebrou. Com o desenvolvimento da técnica moderna a partir da primeira revolução industrial na segunda metade do século XVIII e com a afirmação de uma divisão do trabalho cada vez mais extensa e alienante, o estatuto, o modo da presença das coisas produzidas pelo homem se torna de fato dúplice: por um lado, estão as coisas que entram na presença segundo o estatuto da estética, isto é, as obras de arte, e, por outro lado, aquelas que vêm ao ser segundo o estatuto da técnica, isto é, os produtos em sentido estrito. O estatuto particular das obras de arte – no seio das coisas que não têm em si mesmas a própria ἀρχή - foi identificado, desde o surgimento da estética, com a ori-ginalidade (ou autenticidade).

O que significa *originalidade*? Quando se diz que a obra de arte tem o caráter da originalidade (ou autenticidade), não se quer dizer, com isso, que ela seja simplesmente única, isto é, diferente de qualquer outra. Originalidade significa: pro-ximidade com a origem. A obra de arte é original porque se mantém em uma particular relação com a sua origem, a sua ἀρχή formal, no sentido de que não apenas provém dela e a ela se conforma, mas permanece em uma relação de perene proximidade com ela.

A PRIVAÇÃO É COMO UM ROSTO

Isto é, originalidade significa que a obra de arte – que, na medida em que tem o caráter da ποίησις, é pro-duzida na presença em um forma e a partir de uma forma – mantém com o seu princípio formal uma relação de proximidade tal que exclui a possibilidade de que o seu ingresso na presença seja de algum modo reproduzível, quase como se a forma se pro-duzisse a partir de si mesma na presença, no ato não passível de ser repetido da criação estética.

Naquilo que vem ao ser segundo o estatuto da técnica, no entanto, essa relação de proximidade com o εἶδος, que rege e determina o ingresso na presença, não tem lugar; o εἶδος, o princípio formal, é simplesmente o paradigma externo, o molde (τύπος) ao qual o produto deve se conformar para vir ao ser, enquanto o ato poiético permanece indefinidamente reproduzível (ao menos até que subsista a sua possibilidade material). *A reprodutibilidade (entendida, nesse sentido, como relação paradigmática, de não proximidade com a origem) é, portanto, o estatuto essencial do produto da técnica, assim como a originalidade (ou autenticidade) é o estatuto essencial da obra de arte.* Pensado a partir da divisão do trabalho, o dúplice estatuto da atividade pro-dutiva do homem se pode explicar deste modo: o estatuto privilegiado da arte na esfera estética é artificiosamente interpretado como uma sobrevivência de uma condição na qual trabalho manual e trabalho intelectual não estão ainda divididos e o ato produtivo mantém, portanto, a sua integridade e a sua unicidade, enquanto a produção técnica, que advém a partir de uma condição de extrema divisão do trabalho, permanece essencialmente substituível e reproduzível.

A existência de um dúplice estatuto da atividade poética do homem nos parece doravante tão natural que esquecemos que o ingresso da obra de arte na dimensão estética é um evento relativamente recente e que, no seu tempo, ele introduz uma dilaceração radical na vida espiritual do artista, depois da qual a pro-dução cultural da humanidade mudou seu aspecto de modo substancial. Entre as primeiras consequências desse desdobramento, está o rápido eclipse daquelas ciências, como a Retórica e a Preceptística, daquelas instituições sociais, como as Oficinas e as escolas de arte, e daquelas estruturas da composição artística, como a repetição dos estilos, a continuidade iconográfica e os tropos da composição literária, que se fundavam, precisamente, na existência de um estatuto unitário da ποίησις humana. O dogma da originalidade fez literalmente explodir a condição do artista. Tudo aquilo que constituía, de algum modo, o lugar-comum no qual as personalidades dos artistas singulares se encontravam numa unidade viva para assumir em seguida, na coerção desse molde comum, a sua inconfundível fisionomia, torna-se *lugar-comum* em sentido pejorativo, um estorvo intolerável do qual o artista, em quem se insinuou o moderno demônio crítico, deve se libertar ou perecer.

No entusiasmo revolucionário que acompanhou esse processo, poucos se deram conta das consequências negativas que ele corria o risco de produzir na condição do próprio artista, que viria inevitavelmente a perder no fim das contas a possibilidade de um estatuto social concreto.

Nas suas *Observações sobre o Édipo*, Hölderlin, prevendo esse perigo, intuiu que a arte teria muito cedo sentido a exigência de reconquistar o caráter de ofício que tinha tido em épocas mais antigas. "Será bom", ele escreveu, "para assegurar aos poetas, também entre nós, uma existência civil, que a poesia, também junto a nós, levando em conta a diversidade dos tempos e das constituições, seja elevada à altura da μηχανή dos antigos. Também a outras obras de arte falta, em confronto com as gregas, a certeza de um fundamento; ao menos até agora elas foram julgadas mais segundo as impressões que suscitam do que segundo o cálculo do seu estatuto e os outros procedimentos metódicos com os quais é produzido o belo. Mas, em particular, à poesia moderna faltam a escola e o caráter de ofício, isto é, falta que o seu procedimento possa ser calculado e ensinado e que, uma vez aprendido, possa ser sempre repetido na prática com segurança"[4].

Se agora olharmos para a arte contemporânea, nos daremos conta de que a exigência de um estatuto unitário se tornou nela tão forte que, ao menos nas suas formas mais significativas, ela parece se fundar precisamente em uma intencional confusão e perversão das duas esferas da ποίησις. A exigência de uma autenticidade da produção técnica e aquela de uma reprodutibilidade da criação artística fizeram nascer duas formas híbridas, o *ready-made* e a *pop-art*, que põem a nu a dilaceração existente na atividade poiética do homem.

Duchamp, como é sabido, pegou um produto qualquer, do gênero que qualquer um poderia adquirir em um grande armazém, e, tornando-o estranho ao seu ambiente natural, o introduziu à força, com um tipo de ato gratuito, na esfera da arte. Isto é, jogando criticamente com a existência de um dúplice estatuto da atividade criativa do homem, ele − ao menos no breve instante que dura o efeito do estranhamento − fez passar o objeto de um estatuto de reprodutibilidade e substitutibilidade técnica para aquele de autenticidade e unicidade estética.

Também a *pop-art* − como o *ready-made* − se funda em uma perversão do dúplice estatuto da atividade pro-dutiva, mas, nela, o fenômeno se apresenta, de algum modo, invertido e se assemelha, antes, àquele *reciprocal ready-made* em que pensava Duchamp quando sugeria usar um Rembrandt como tábua de passar roupa. *Enquanto o ready-made procede, de*

---

[4] Cf. HÖLDERLIN, Friedrich. Considerações sobre Édipo. Tradução de Pedro Sussekind e Roberto Machado. In: *Observações sobre Édipo; Observações sobre Antígona*. Precedido de Hölderlin e Sófocles / Jean Beaufret [tradução e notas à edição brasileira de Anna Luiza Andrade Coli e Maíra Nassif Passos; tradução e notas de "Observações sobre Édipo" e "Observações sobre Antígona" de Pedro Süssekind e Roberto Machado; revisão técnica de Guido Antônio de Almeida e Virginia Figueiredo]. Rio de Janeiro: Zahar, 2008. (N.T.)

fato, da esfera do produto técnico à esfera da obra de arte, a pop-art se move, ao contrário, do estatuto estético ao do produto industrial. Enquanto no *ready-made* o espectador era confrontado com um objeto existente segundo o estatuto da técnica que se lhe apresentava inexplicavelmente carregado de um certo potencial de autenticidade estética, na *pop-art* o espectador se encontra diante de uma obra de arte que parece se despir do seu potencial estético para assumir paradoxalmente o estatuto do produto industrial.

Em ambos os casos – exceto pelo instante em que dura o efeito de estranhamento – a passagem de um estatuto ao outro é impossível: o que é reprodutível não pode se tornar original, e o que é irreprodutível não pode ser reproduzido. O objeto não é capaz de chegar à presença, permanece imerso na sombra, suspenso em uma espécie de limbo inquietante entre ser e não ser; e é precisamente essa impossibilidade que confere tanto ao *ready-made* quanto à *pop-art* todo o seu enigmático sentido.

Ambas as formas trazem a dilaceração ao seu ponto extremo e, desse modo, apontam para além da estética, na direção de uma zona (que permanece, porém, ainda imersa na sombra) na qual a atividade pro-dutiva do homem possa se reconciliar consigo mesma. Mas aquilo que, em ambos os casos, entra em crise de modo radical é a própria substância poiética do homem, aquela ποίησις da qual Platão dizia que: "qualquer coisa capaz de levar uma coisa do não ser ao ser é ποίησις". No *ready-made* e na *pop-art* nada vem à presença, senão a privação de uma potência que não chega a encontrar em lugar algum a própria realidade. *Ready-made* e *pop-art* constituem a forma mais alienada (e portanto extrema) da ποίησις, aquela na qual a própria privação vem à presença. E, à luz crepuscular dessa presença-ausência, a pergunta pelo destino da arte soa doravante desta forma: como é possível ter acesso de modo original a uma nova ποίησις?

A PRIVAÇÃO É COMO UM ROSTO

Se tentarmos agora nos aproximar do sentido desse destino extremo da ποίησις, pelo qual ela concede, doravante, o seu poder apenas como privação (mas também essa privação é, na realidade, um dom extremo da poesia, o mais acabado e carregado de sentido, porque nele o próprio nada é chamado à presença), é a própria obra de arte que devemos interrogar, porque é na obra que a ποίησις realiza o seu poder. Qual é, então, o caráter da obra no qual se concretiza a atividade pro-dutiva do homem?

Para Aristóteles, a pro-dução na presença operada pela ποίησις (tanto para as coisas que têm no homem a sua ἀρχή quanto para aquelas que são segundo a natureza) tem o caráter da ἐνέργεια. Normalmente se traduz essa palavra por "atualidade", "realidade efetiva" (em contraposição a "potência"), mas, nessa tradução, a tonalidade originária da palavra permanece velada. Aristóteles se serve também — para indicar o mesmo conceito — de um termo forjado por ele mesmo: ἐντελέχεια. Tem o caráter de ἐντελέχεια aquilo que entra e permanece na presença recolhendo-se, de modo final, em uma forma na qual encontra a própria plenitude, a própria completude e, enquanto tal, ἐν τέλει ἔχει, se possui-no-próprio-fim. Ἐνέργεια significa, portanto, estar em-obra, ἐν ἔργον, enquanto a obra, o ἔργον, é, precisamente, *entelécheia*, aquilo que entra e dura na presença recolhendo-se na própria forma como no próprio fim.

À ἐνέργεια se opõe, para Aristóteles, a δύναμις (a *potentia* dos latinos), que caracteriza o modo da presença daquilo que, não estando em obra, não se possui ainda na própria forma como no próprio fim, mas é simplesmente no modo da disponibilidade, do ser apto a..., como uma tábua de madeira na loja do marceneiro ou um bloco de mármore no estúdio do escultor se mantêm disponíveis para o ato poiético que os fará aparecer como mesa ou estátua.

A obra, o resultado da ποίησις, enquanto é precisamente pro-dução e estação em uma forma que se possui no próprio fim, não pode jamais ser apenas em potência; por isso, Aristóteles diz: "nós não diríamos jamais que algo existe a partir da τέχνη, se, por exemplo, algo é uma cama apenas como disponibilidade e potência (δύναμει), mas não tem a forma da cama"[5].

Se considerarmos agora o dúplice estatuto da atividade poiética do homem no nosso tempo, vemos que, enquanto a obra de arte tem por excelência o caráter da ἐνέργεια, isto é, se possui na irrepetibilidade do próprio εἶδος formal como no seu fim, essa estação energética na própria forma falta, no entanto, ao produto da técnica, como se o caráter da disponibilidade acabasse por obscurecer seu aspecto formal. O produto industrial é, sim, acabado, no sentido de que chegou a termo o processo produtivo, mas a particular relação de distância com o próprio princípio – em outras palavras: a sua reprodutibilidade – faz com que o produto não se possua jamais na própria forma como no próprio fim, e permaneça assim em uma condição de perpétua potencialidade. *Isto é, o ingresso na presença tem na obra de arte o caráter da ἐνέργεια, do ser-em-obra, e no produto industrial, o caráter da δύναμις, da disponibilidade para...* (algo que se exprime usualmente dizendo que o produto industrial não é "obra", mas, precisamente, produto).

Mas o estatuto enérgico da obra de arte na dimensão estética é, pois, de fato, tal? Desde o momento em que a nossa relação com a obra de arte se reduziu (ou, se se preferir, purificou) apenas ao gozo estético por meio do bom gosto, o estatuto da obra mesma foi insensivelmente mudando sob os nossos olhos. Nós vemos que museus e galerias conservam e acumulam obras de arte para que elas estejam a todo momento disponíveis para a fruição estética do espectador, mais ou menos como acontece com as matérias-primas ou as mercadorias acumuladas em uma loja. Onde quer que uma obra de arte, hoje, seja pro-duzida e exposta, o seu aspecto

---

[5] ARISTÓTELES, *Física*, 193a.

energético, isto é, o ser-em-obra da obra, é apagado para dar lugar ao caráter de estimulante do sentimento estético, de mero suporte da fruição estética. Isto é, o caráter dinâmico da disponibilidade para a fruição estética obscurece, na obra de arte, o caráter *energético* da estação final, na própria forma. Se isso é verdadeiro, então também a obra de arte, na dimensão estética, tem, como o produto da técnica, o caráter da δύναμις, da disponibilidade para..., *e o desdobramento do estatuto unitário da atividade pro-dutiva do homem indica, na realidade, o seu ultrapassamento da esfera da ἐνέργεια para aquela da δύναμις, do ser-em-obra para a mera potencialidade.*

O surgimento das poéticas da obra aberta e do *work-in-progress*, que se fundam em um estatuto não energético, mas dinâmico da obra de arte, significa precisamente esse momento extremo do exílio da obra de arte da sua própria essência, o momento em que – tornada pura potencialidade, o mero ser-disponível em si e para si – ela assume conscientemente, sobre si mesma, a própria impotência em se possuir no fim. Obra aberta significa: obra que não se possui no próprio εἶδος como no próprio fim, obra que não está jamais em obra, isto é: (se é verdade que obra é ἐνέργεια): não obra, δύναμις, disponibilidade e potência.

Precisamente enquanto é no modo da disponibilidade para... e joga mais ou menos conscientemente com o estatuto estético da obra de arte como mera disponibilidade para a fruição estética, a obra aberta não constitui uma superação da estética, mas apenas uma das formas do seu acabamento, e é apenas negativamente que ela pode apontar para além da estética.

Do mesmo modo, *ready-made* e *pop-art* – que jogam, pervertendo-o, com o dúplice estatuto da atividade produtiva do homem no nosso tempo – estão, também eles, no modo da δύναμις, e de uma δύναμις que não pode jamais possuir-se-no-fim; mas, exatamente enquanto – subtraindo-se tanto à fruição estética da obra de arte quanto ao consumo do produto técnico – realizam ao menos por um instante uma suspensão dos dois estatutos, eles levam muito mais longe do que a obra aberta a consciência da dilaceração e se apresentam como uma verdadeira e própria disponibilidade-para-o-nada. Como, de fato – não pertencendo propriamente nem à atividade artística, nem à produção técnica –, pode-se dizer que nada neles vem, na realidade, à presença, assim, não se oferecendo eles, em sentido próprio, nem ao gozo estético, nem ao consumo, pode-se dizer que, no caso deles, disponibilidade e potência são voltadas para o nada e, desse modo, conseguem verdadeiramente possuir-se-no-fim.

A disponibilidade-para-o-nada, mesmo não sendo ainda obra, é, de fato, de algum modo, uma presença negativa, uma sombra do ser-em-obra: é ἐνέργεια, *obra*, e, como tal, constitui o apelo crítico mais urgente que a consciência artística do nosso tempo expressou em direção à essência alienada da obra de arte. A dilaceração da atividade produtiva do homem, a "degradante divisão do trabalho em trabalho manual e trabalho intelectual" não é aqui superada, mas é antes levada a seu extremo: e, todavia, é também a partir dessa autossupressão do estatuto privilegiado do "trabalho" artístico, o qual reúne, agora, na sua inconciliável oposição, as duas metades da pro-dução humana, que será um dia possível sair do pântano da estética e da técnica para restituir a sua dimensão original ao estatuto poético do homem sobre a terra.

CAPÍTULO OITAVO
Poíesis e prâxis

É chegado talvez o momento de tentar entender de modo mais original a frase que usamos no capítulo precedente: "o homem tem sobre a terra um estatuto poético, isto é, pro-dutivo". O problema do destino da arte no nosso tempo nos conduziu a colocar como inseparável deste o problema do sentido da atividade produtiva, do "fazer" do homem no seu complexo. Essa atividade produtiva é entendida no nosso tempo como *práxis*. Segundo a opinião corrente, todo fazer do homem – tanto o do artista e do artesão quanto o do operário e do homem político – é práxis, isto é, manifestação de uma vontade produtora de um efeito concreto. O fato de que o homem tenha sobre a terra um estatuto produtivo significaria, então, que o estatuto da sua habitação na terra é um estatuto *prático*.

Nós estamos tão habituados a essa consideração unitária de todo "fazer" do homem como práxis que não nos damos conta de que ele poderia, no entanto, ser concebido – e foi concebido em outras épocas históricas – de modo diverso. Os gregos, a quem devemos quase todas as categorias através das quais julgamos a nós mesmos e a realidade que nos circunda, distinguiam, de fato, claramente entre *poíesis* (*poieín*, pro-duzir, no sentido de agir) e *prâxis*[1] (*práttein*, fazer, no sentido de agir). Enquanto no centro da práxis estava, como veremos, a ideia da vontade que se exprime imediatamente na ação, a experiência que estava no centro da *poíesis* era a pro-dução na presença, isto é, o fato de que, nela, algo viesse do não ser ao ser, da ocultação à plena luz da obra. O caráter essencial da *poíesis* não estava, portanto, no seu aspecto de processo prático, voluntário, mas no seu ser um modo da verdade, entendida como des-velamento, ἀ-λήθεια. E era precisamente por essa sua essencial proximidade com a verdade que Aristóteles, que teoriza muitas vezes essa distinção no interior do "fazer" do homem, tendia a atribuir à *poíesis* um posto mais alto em relação à *prâxis*. A raiz da *prâxis* se fundava, de fato, segundo Aristóteles, na condição mesma do homem enquanto *animal*, ser vivente, e não era, portanto, outra coisa senão o princípio do movimento (a vontade, entendida como unidade de apetite, desejo e volição) que caracteriza a vida.

Uma consideração temática do trabalho, ao lado da *poíesis* e da *prâxis*, como um dos modos fundamentais da atividade do homem, não foi permitida aos gregos pelo fato de que o trabalho corporal, tornado necessário pelas necessidades da vida, era reservado aos escravos; mas isso não significa que eles não fossem conscientes da sua existência ou não tivessem compreendido a sua natureza. Trabalhar significava submeter-se à necessidade, e a submissão à necessidade, igualando o homem ao animal, forçado à perpétua busca da própria subsistência, era considerada incompatível com a condição do homem livre. Como observou justamente Hannah Arendt, afirmar que o trabalho era desprezado pela

---

[1] Traduzo por "práxis", com acento agudo, o termo italiano *prassi*, e por "prâxis", com acento circunflexo, o termo *praxis*, que é como Agamben translitera o termo grego πρᾶξις. (N. T.)

Antiguidade porque era reservado aos escravos é, na realidade, um preconceito: os antigos faziam o raciocínio oposto e julgavam que a existência dos escravos fosse necessária por causa da natureza servil das ocupações que proviam o sustento da vida. Eles tinham compreendido, portanto, um dos caracteres essenciais do trabalho, que é o seu remetimento imediato ao processo biológico da vida. De fato, enquanto a *poíesis* constrói o espaço em que o homem encontra a sua própria certeza e assegura a liberdade e a duração da sua ação, o pressuposto do trabalho é, ao contrário, a nua existência biológica, o processo cíclico do corpo humano, cujo metabolismo e cujas energias dependem dos produtos elementares do trabalho[2].

Na tradição da cultura ocidental, a distinção desse tríplice estatuto do "fazer" humano foi progressivamente se ofuscando. Aquilo que os gregos pensavam como *poíesis* é entendido pelos latinos como um modo do *agere*, isto é, como um agir que põe-em-obra, um *operari*. O ἔργον e a ἐνέργεια, que, para os gregos, não tinham diretamente a ver com a ação, mas designavam o caráter essencial do estar na presença, tornam-se, para os romanos, *actus* e *actualitas*, isto é, são transpostos (tra-duzidos) para o plano do *agere*, da produção voluntária de um efeito. O pensamento teológico cristão, pensando o Ser supremo como *actus purus*, lega à metafísica ocidental a interpretação do ser como efetividade e ato. Quando esse processo se cumpre na época moderna, não há mais qualquer possibilidade de distinguir entre *poíesis* e *prâxis*, pro-dução e ação. O "fazer" do homem é determinado como atividade produtora de um efeito real (o *opus* do *operari*, o *factum* do *facere*, o *actus* do *agere*), cujo valor é apreciado em função da vontade que nela se exprime, e, portanto, em

---

[2] Cf. ARENDT, H. *The human condition* (1958), cap. I. [*A condição humana*. Tradução de Roberto Raposo. Rio de Janeiro: Forense Universitária, 2009.] A distinção entre obra, ação e trabalho está no centro da análise da *vita activa* que a autora conduziu neste livro.

relação com a sua liberdade e a sua criatividade. A experiência central da *poíesis*, a pro-dução na presença, cede agora o lugar à consideração do "como", isto é, do processo através do qual o objeto foi produzido. No que concerne à obra de arte, isso significa que o acento é deslocado daquilo que para os gregos era a essência da obra – isto é, o fato de que, nela, algo viesse ao ser a partir do não ser, abrindo, assim, o espaço da verdade (ἀ-λήθεια) e edificando um mundo para a habitação do homem na terra –, ao *operari* do artista – isto é, ao gênio criativo e às particulares características do processo artístico em que ele encontra expressão.

Paralelamente a esse processo de convergência entre *poíesis* e *práxis*, o trabalho, que ocupava o posto mais baixo na hierarquia da vida ativa, ascende à posição de valor central e de comum denominador de toda atividade humana. Essa ascensão começa no momento em que Locke descobre no trabalho a origem da propriedade, continua quando Adam Smith o eleva ao estatuto de fonte de toda riqueza e atinge o seu cume com Marx, que faz dele a expressão da humanidade mesma do homem[3]. Nesse ponto, todo "fazer" humano é interpretado como práxis, atividade produtora concreta (em oposição à teoria, entendida como sinônimo de pensamento e contemplação abstrata), e a práxis é pensada por sua vez a partir do trabalho, isto é, da produção da vida material, correspondente ao ciclo biológico da vida. E esse agir produtivo determina hoje, em toda parte, o estatuto do homem sobre a terra, entendido como o vivente (*animal*) que trabalha *(laborans)* e, no trabalho, produz a si mesmo e se assegura o domínio da terra. Mesmo onde o pensamento de Marx é condenado e refutado, o homem é, hoje, em toda parte, o vivente que produz e trabalha. A pro-dução artística, tornada atividade criativa, entra, também ela, na dimensão da práxis,

---

[3] Cf. ARENDT, Hannah. *The human condition* (1958), cap. III.

mesmo que seja de uma práxis totalmente particular, criação estética ou superestrutura.

No curso desse processo, que implica uma total inversão da hierarquia tradicional das atividades do homem, uma coisa permanece, todavia, inalterada: o enraizamento da práxis na existência biológica, que Aristóteles tinha expressado, interpretando seu princípio como vontade, apetite e impulso vital. A ascensão do trabalho do posto mais baixo para o mais alto, e o consequente eclipse da esfera da *poíesis*, dependeu, antes, precisamente do fato de que o processo sem fim que o trabalho colocava em marcha era, dentre as atividades do homem, aquela mais diretamente ligada ao ciclo biológico do organismo.

Todas as tentativas que se sucederam na época moderna para fundar de modo novo o "fazer" do homem permaneceram sempre ancoradas nessa interpretação da práxis como vontade e impulso vital, isto é, em última análise, em uma interpretação da vida, do homem enquanto ser vivente. A filosofia do "fazer" do homem permaneceu, no nosso tempo, uma filosofia da vida. Mesmo quando Marx inverte a hierarquia tradicional entre teoria e práxis, a determinação aristotélica da práxis como vontade permanece inalterada, porque o trabalho é, para Marx, na sua essência, "força de trabalho" (*Arbeitskraft*), cujo fundamento reside na naturalidade mesma do homem entendido como "ser natural ativo", isto é, dotado de apetite e impulsos vitais.

Do mesmo modo, todas as tentativas de superar a estética e de dar um novo estatuto à pro-dução artística, foram realizadas a partir do ofuscamento da distinção entre *poíesis* e *práxis*, interpretando, portanto, a arte como um modo da práxis e a práxis como expressão de uma vontade e de um força criativa. A definição que Novalis dá da poesia como "uso voluntário, ativo e produtivo dos nossos órgãos"[4] e a

---

[4] HARDENBERG, Friedrich (Novalis). *Werke, Briefe, Dokumente*. Ed. Ewald Wasmuth. Heidelberg: Lambert Schneidet, 1957. v. 2. Frag, 1339. (N.T.)

identificação nietzschiana entre arte e vontade de potência na ideia do universo "como obra de arte que dá à luz a si mesma", a aspiração de Artaud por uma libertação teatral da vontade e o projeto situacionista de uma superação da arte entendida como realização prática das instâncias criativas que nela se exprimem de modo alienado, permanecem tributárias de uma determinação da essência da atividade humana como vontade e impulso vital, e se fundam por isso no esquecimento do original estatuto pro-dutivo da obra de arte como fundação do espaço da verdade. O ponto de chegada da estética ocidental é uma metafísica da vontade, isto é, da vida entendida como energia e impulso criador.

Essa metafísica da vontade penetrou a tal ponto na nossa concepção de arte que também os críticos mais radicais da estética não pensaram em colocar em dúvida o princípio que constitui o seu fundamento, isto é, a ideia de que a arte seja expressão da vontade criadora do artista. Desse modo, eles permanecem no interior da estética, enquanto não fazem senão desenvolver ao extremo uma das duas polaridades sobre as quais ela funda a sua interpretação da obra de arte: a do gênio entendido como vontade e força criativa. No entanto, aquilo que os gregos quiseram significar com a distinção entre *poíesis* e *práxis* era precisamente que a essência da *poíesis* não tem nada a ver com a expressão de uma vontade (em relação à qual a arte não é de modo algum necessária); ela reside, ao contrário, na produção da verdade e na abertura, que resulta dela, de um mundo para a existência e a ação do homem.

Nas páginas que seguem, interrogando-nos sobre a relação entre *poíesis* e *práxis* no pensamento ocidental, tentaremos determinar, em linhas gerais, a sua evolução e apontar para o processo através do qual a obra de arte passa da esfera da *poíesis* para aquela da *práxis*, até encontrar o próprio estatuto no interior de uma metafísica da vontade, isto é, da vida e da sua criatividade.

1 - "O gênero da *poíesis* é diferente do da *prâxis*"

Como vimos no capítulo precedente, os gregos se serviram, para caracterizar a ποίησις, a pro-dução humana na sua integridade, da palavra τέχνη, e designavam com o único nome de τεχνίτης tanto o artesão quanto o artista. Mas essa unidade de designação não significava de modo algum que os gregos pensassem a pro-dução a partir do seu aspecto material e prático, como um fazer manual; o que eles chamavam de τέχνη não era nem a realização de uma vontade, nem simplesmente um fabricar, mas um modo da verdade, do ἀ-ληθεύειν, do desvelamento que produz as coisas, do ocultamento à presença.

Τέχνη significava, portanto, para os gregos: fazer aparecer, ποίησις, pro-dução na presença; mas essa pro-dução não era entendida a partir de um *agere*, de um fazer, mas de uma γνῶσις, de um saber[5]. Pro-dução (ποίησις, τέχνη) e práxis (πρᾶξις) não são, pensados de modo grego, a mesma coisa.

Na *Ética a Nicômaco*, desenvolvendo uma célebre classificação das "disposições" através das quais a alma atinge a verdade, Aristóteles distingue de modo incisivo entre ποίησις e πρᾶξις. (*Eth. Nic.* VI, 1140b: "ἄλλο τὸ γένος πράξεως καὶ ποιήσεως. [...] τῆς μὲν γὰρ ποιήσεως ἕτερον τὸ τέλος, τῆς δὲ πράξεως οὐκ ἂν εἴη· ἔστι γὰρ αὐτὴ ἡ εὐπραξία τέλος". "O gênero da práxis é diferente do da pro-dução; o fim da pro-dução é de fato diferente (diferente do próprio produzir); o fim da práxis não poderia, no entanto, ser diferente: agir bem é, de fato, em si mesmo o fim".

---

[5] A definição que na *Eth. Nic.* Aristóteles dá da τέχνη como ἕξις ποιητική não diz – se entendida corretamente – nada de diferente. Traduz-se, de hábito, ἕξις ποιητική por "qualidade, *habitus* produtivo". Mas ἕξις é, propriamente, um gênero da θέσις, e precisamente uma διάθεσις, uma disposição. Ἕξις ποιητική significa: disposição produtiva.

A essência da pro-dução, pensada de modo grego, é levar algo à presença (por isso Aristóteles diz ἔστι δε τέχνη πᾶσα περὶ γένεσιν, "toda arte concerne ao dar origem"): em consequência, ela tem necessariamente fora de si o seu fim (τέλος) e o seu limite (τέλος e πέρας, limite, são em grego a mesma coisa, cf. Aristóteles, *Met.* IV, 1022b), que não se identificam com o ato mesmo de produzir. Os gregos pensavam, portanto, a produção e a obra de arte de modo oposto àquele em que a estética nos habituou a pensá-los: a ποίησις não é um fim em si, não tem em si mesma o seu limite, porque, na obra, não traz a si mesma à presença, como a πρᾶξις no πρακτόν, o agir no ato; a obra de arte não é, de fato, o resultado de um fazer, o *actus* de um *agere*, mas é algo substancialmente diferente, outro (ἕτερον) em relação ao princípio que a produziu na presença. O ingresso da arte na dimensão estética é portanto possível somente enquanto a arte mesma já saiu da esfera da pro-dução, da ποίησις, para entrar naquela da *práxis*.

Mas, se ποιεῖν e πράττειν não são para os gregos a mesma coisa, qual é então a essência da πρᾶξις?

A palavra πρᾶξις vem de πείρω, "eu atravesso", e é etimologicamente conexa a πέρα ("além"), πόρος ("passagem, *porta*") e πέρας ("limite"). Há nela o sentido de *ir através*, de uma passagem que vai até o πέρας, até o limite. Πέρας tem aqui o sentido de fim, término, ponto extremo, τὸ τέλος ἑκάστου (Aristóteles, *Met.* V, 1022a), isso em direção de que procedem o movimento e a ação; e esse término, como vimos, não é externo à ação, mas é na ação mesma. Uma palavra italiana que, pensada segundo o seu étimo, corresponde a πρᾶξις é *esperienza*, *ex-per-ientia*, que contém a mesma ideia de um *ir através* da ação na ação[6]. A palavra

---

[6] O mesmo raciocínio vale para a palavra portuguesa "experiência", que tem a mesma origem etimológica do termo italiano *esperienza*, ou seja, a palavra latina *experientia*. (N. T.)

grega correspondente a experiência – ἐμπειρία – contém, de fato, a mesma raiz de πρᾶξις: περ, πείρω, πέρας; é, etimologicamente, a mesma palavra.

Aristóteles acena para uma afinidade entre experiência e práxis quando diz (*Met.* I, 981a, 14) que "quanto ao τὸ πράττειν, ao fazer, a ἐμπειρία, a experiência, não é inferior à τέχνη, porque, enquanto a τέχνη é conhecimento do universal, a experiência é conhecimento do particular, e a πρᾶξις concerne precisamente ao particular". No mesmo lugar, Aristóteles diz que os animais têm impressões e memória (φαντασίαι καὶ μνήμη), mas não experiência, enquanto os homens são capazes de ἐμπειρία e, graças a ela, têm arte e ciência (ἐπιστήμη καὶ τέχνη). A experiência – continua Aristóteles – parece muito semelhante à arte, mas difere desta, no entanto, substancialmente: "assim, julgar que quando Cálias sofria deste ou daquele mal, este ou aquele remédio lhe era benéfico, e o mesmo com respeito a Sócrates e a outros homens individualmente tomados, isso é experiência; mas julgar que um remédio é benéfico para todas as pessoas – consideradas como classe – que sofrem de um certo mal, isso é arte (τέχνη)". De modo similar, Aristóteles caracteriza o conhecimento prático, explicando (*Met.* II, 993b) que, enquanto o objeto da teoria é a verdade, o objeto da prática é a ação, "porque mesmo quando os práticos procuram o 'como' de uma coisa, eles não têm em vista o eterno, mas o relativo (πρὸς τι) e o imediato (νῦν)". Se toda atividade intelectual é ou prática ou pro-dutiva ou teórica (πᾶσα διάνοια ἢ πρακτικὴ ἢ ποιητικὴ ἢ θεωρητική – *Met.* VI, 1025b), a experiência é, então, διάνοια πρακτική, νοῦς πρακτικός, intelecto prático, capacidade de determinar esta ou aquela ação particular. Que apenas o homem seja capaz de experiência significa, por conseguinte, que apenas o homem determina a sua ação, isto é, a atravessa, e é, portanto, capaz de πρᾶξις, do *ir através até o limite da ação* (onde o genitivo *da ação* tem valor ao mesmo tempo objetivo e subjetivo).

POÍESIS E PRÁXIS

Ἐμπειρία e πρᾶξις, experiência e práxis pertencem portanto ao mesmo processo, ἐμπειρία é νοῦς πρακτικός; mas, se é assim, qual é a relação entre eles no interior desse processo, e, melhor, qual é o princípio que os determina a ambos? A resposta que Aristóteles dá a esse problema ao fim do seu tratado *Sobre a alma* influenciou de modo decisivo tudo aquilo que a filosofia ocidental pensou como práxis e atividade humana.

O tratado *Sobre a alma* caracteriza o vivente como aquele que se move a partir de si mesmo, e o movimento do homem, enquanto ser vivente, é a πρᾶξις.

Buscando uma solução para o problema sobre qual seria o princípio motor da práxis, Aristóteles escreve:

> Também a vontade (ἡ ὄρεξις) tem o seu porquê[7]; isso de que há vontade é o princípio do intelecto prático (ἀρχὴ τοῦ πρακτικοῦ νοῦ); e este último é o princípio da práxis (ἀρχὴ τῆς πράξεως). Por isso, com razão, ambos parecem ser aquilo que move, a vontade e o intelecto[8] prático; o desejado[9], de fato, move, e [através dele][10] o intelecto[11] [prático] move, enquanto seu princípio (ἀρχή) é o desejado.

---

[7] No original, em grego: ἕνεκά του. (N.T.)

[8] No original, em grego: διάνοια. (N.T.)

[9] No original, em italiano, *voluto* (da mesma raiz de *volontà*, "vontade"), como tradução do grego ὀρεκτόν (da mesma raiz de ὄρεξις, que Agamben traduz por *volontà*). Não foi possível manter a unidade etimológica em português, que se encontra tanto no italiano, entre os termos *volontà* e *voluto*, quanto no grego, entre os termos ὀρεκτόν e ὄρεξις, na tradução pelos termos "vontade" e "desejado". Poderíamos ter traduzido *órexis* por "desejo", mas Agamben sempre traduz o termo grego, em italiano, por *volontà*, "vontade". (N.T.)

[10] A expressão "através dele" traduz o διὰ τοῦτο que se encontra na passagem, no original grego, e que, por alguma razão, Agamben não traduz. (N.T.)

[11] No original, em grego: διάνοια. No original grego, não aparece o termo "prático" após "intelecto", mas Agamben quis deixar claro que se trata na ocasião do "intelecto prático". (N.T.)

[...] Mas, na realidade, o intelecto[12] não move sem a vontade, porque a volição deliberante (βούλησις) é uma espécie de vontade e, quando nos movemos segundo o raciocínio, nos movemos também por volição. (...) Portanto, é claro que a potência da alma que move é a vontade (*De anima*, III, 433a).

O princípio determinante (ἀρχή) da práxis, assim como do intelecto prático, é, portanto, a vontade (ὄρεξις) – entendida no sentido mais vasto, que compreende ἐπιθυμία, apetite, θύμος, desejo, e βούλησις, volição –; que o homem seja capaz de práxis significa que o homem quer[13] a sua ação e, querendo-a[14], a atravessa até o limite; práxis é *o ir através até o limite da ação, movido pela vontade*, ação desejada[15].

Mas a vontade não move simplesmente, não é motor imóvel, mas move e é movida (κινεῖ καὶ κινεῖται); é, ela mesma, movimento (κίνησίς τις). Isto é, a vontade não é simplesmente o princípio motor da práxis, não é apenas isso a partir de que ela move ou ganha início, mas atravessa e rege a ação do princípio ao fim do seu ingresso na presença. *Através da ação, é a vontade que se move e vai até o limite de si mesma.* Práxis é vontade que atravessa e percorre o próprio círculo até o seu limite: πρᾶξις é ὄρεξις, vontade é apetite.

A práxis, assim determinada como vontade, permanece – como vimos – para os gregos bem distinta da ποίησις, da pro-dução. Enquanto esta tem o seu πέρας, o seu limite, fora de si, é, portanto, pro-dutiva, princípio original (ἀρχή) de algo que é outro em relação a si mesmo, o querer[16] que está na origem da práxis e vai, na ação, até o seu limite,

---

[12] No original grego: ὁ νοῦς.

[13] No original, em italiano: *vuole*. (N.T.)

[14] No original, em italiano: *volendola*. (N.T.)

[15] No original, em italiano: *voluta*. (N.T.)

[16] No original, em italiano: *volere*. (N.T.)

permanece fechado no próprio círculo, quer, através da ação, apenas a si mesmo, e, como tal, não é pro-dutivo, conduz à presença apenas a si mesmo.

2 - "A arte poética não é senão um uso voluntário, ativo e produtivo dos nossos órgãos"

A interpretação aristotélica da práxis como vontade atravessa de uma ponta à outra a história do pensamento ocidental. No curso dessa história, como vimos, a ἐνέργεια se torna *actualitas*, efetividade e realidade, e a sua essência é coerentemente pensada como um *agere*, um *actus*. A essência desse *agere* é interpretada por sua vez segundo o modelo aristotélico do recíproco pertencimento de ὄρεξις e νοῦς πρακτικός, como vontade e representação. Leibniz pensa, assim, o ser da mônada como *vis primitiva activa*, e determina o *agere* como união de *perceptio* e *appetitus*, percepção e vontade; Kant e Fichte pensam a Razão como Liberdade, e a Liberdade como vontade.

Retomando a distinção leibniziana entre *appetitus* e *perceptio*, Schelling deu a essa metafísica da vontade uma formulação que viria a exercer uma grande influência sobre o círculo dos poetas românticos de Jena.

> Em última e suprema instância, ele escreve nas *Investigações filosóficas sobre a natureza da liberdade humana*, não há outro Ser senão a Vontade. Vontade é o ser original (*Ur-sein*) e a ela se aplicam todos os predicados deste: ausência de fundo (*Grundlosigkeit*), eternidade, independência do tempo, autoassentimento (*Selbstbejahung*). Toda a filosofia não tende senão a encontrar essa suprema formulação[17].

---

[17] SCHELLING, F. W. J. *Philosophische Untersuchungen über das Wesen der menschlichen Freiheit*. In: *Sämtliche Werke* (1860),VII, p. 350. [Há tradução portuguesa desta obra: *Investigações filosóficas sobre a essência da liberdade humana*. Lisboa: Edições 70, 1993.]

Mas Schelling não se limita a absolutizar a vontade até torná-la o princípio original; ele determina o seu ser como vontade pura, vontade que quer a si mesma, e essa "vontade pela vontade" é o *Ur-grund*, o fundo original, ou melhor, o *Un-grund*, o sem-fundo, o abismo informe e obscuro, a "fome de ser" que existe antes de qualquer oposição e sem a qual nada pode vir à existência. Ele escreve:

> Na origem o espírito, no sentido mais amplo da palavra, não é de natureza teórica... na origem ele é, antes, *vontade* e uma vontade unicamente pela vontade, uma vontade que não quer alguma coisa, mas quer apenas a si mesma.

O homem, que participa tanto desse abismo original quanto da existência espiritual, é o "ser central" (*Zentralwesen*), o mediador entre Deus e a Natureza; ele é "o redentor da Natureza, para o qual tendem todas as criações que o precederam"[18].

Essa ideia do homem como redentor e messias da natureza foi desenvolvida por Novalis na forma de uma interpretação da ciência, da arte e, em geral, de toda a atividade do homem como "formação" (*Bildung*) da natureza, em um sentido que parece antecipar o pensamento de Marx e, em certos aspectos, o de Nietzsche. O projeto de Novalis é a superação do idealismo de Fichte, que revelou ao homem a potência do espírito pensante.

Essa superação é, porém, situada por Novalis (como fará cinquenta anos depois Marx) no nível da práxis, e de uma práxis entendida como unidade superior de pensamento e ação, que fornece ao homem o meio para transformar o mundo e reintegrar a idade de outro. "Fichte", ele escreve (Ed. Wasmuth, vol. III, fr. 1681), "ensinou e descobriu o uso ativo do órgão mental. Mas descobriu ele as leis do uso

---

[18] SCHELLING, F. W. J. *Philosophische Untersuchungen über das Wesen der menschlichen Freiheit*. In: *Sämtliche Werke* (1860),VII, p. 411.

ativo dos órgãos em geral?" Assim como nós movemos, para nosso prazer, o nosso órgão mental e traduzimos os seus movimentos em linguagem e em atos voluntários, do mesmo modo deveríamos aprender a mover os órgãos internos do nosso corpo e o próprio corpo na sua integridade. Somente nesse caso, o homem se tornaria verdadeiramente independente da natureza e estaria à altura, pela primeira vez, de constranger os sentidos "a *produzir* para ele a forma que ele deseja e, no sentido próprio da palavra, ele poderia assim viver no *seu* mundo". O fado que pesou até agora sobre o homem é simplesmente a preguiça do seu espírito: "mas, ampliando e formando a nossa atividade, nós mesmos nos tornaremos destino. Parece que tudo corre em nossa direção a partir do exterior, porque nós não corremos para o exterior. Nós somos negativos porque queremos sê-lo – quanto mais nos tornarmos positivos, mais o mundo em torno de nós se tornará negativo – até que, no fim, não haverá mais negação, e seremos tudo em tudo. *Deus quer deuses*" (fr. 1682).

Essa "arte de se tornar onipotente" mediante um uso ativo dos órgãos consiste em uma apropriação do nosso corpo e da sua atividade orgânica criadora: "o corpo é o instrumento da formação e da modificação do mundo. Devemos, então, fazer do nosso corpo um órgão *capaz de tudo*. Modificar o nosso instrumento significa *modificar* o mundo" (fr. 1684).

Onde quer que essa apropriação se realizasse, se realizaria também a conciliação do espírito e da natureza, da vontade e do acaso, da teoria e da práxis em uma unidade superior, em um "eu absoluto, prático, empírico" (fr. 1668).

Novalis dá a essa práxis superior o nome de Poesia (*Poesie*), e a define deste modo:

"A arte poética é um uso voluntário, ativo e produtivo dos nossos órgãos" (fr. 1339).

Um fragmento de 1798 indica qual seria o sentido próprio dessa práxis superior:

"Tudo o que é *involuntário* deve se tornar *voluntário*" (fr. 1686).

O princípio da Poesia, em que se realiza a unidade da teoria e da práxis, do espírito e da natureza, é a vontade, e não a vontade de alguma coisa, mas a vontade absoluta, a vontade de vontade, no sentido em que Schelling tinha determinado o abismo original:

"Eu me sei tal qual me quero, e me quero tal qual me sei – porque eu *quero* a minha *vontade*, quero de um modo absoluto. Em mim, por consequência, saber e querer estão perfeitamente unidos" (fr. 1670).

O homem que se elevou a essa práxis superior é o messias da natureza, no qual o mundo se conjuga ao divino e encontra o seu significado mais próprio:

"A humanidade é o sentido mais alto do nosso planeta, o nervo que liga esse membro ao mundo superior, o olho que ele alça em direção ao céu" (f. 1680).

Ao término desse processo, o homem e o devir do mundo se identificam no círculo da vontade absoluta e in-condicionada, em cuja idade de ouro parece já se anunciar a mensagem de Zaratustra, daquele que no grande meio-dia da humanidade ensina o eterno retorno do idêntico: "Tudo o que acontece, *eu o quero*. Fleuma voluntário. Uso ativo dos sentidos" (fr. 1730).

3 - "O homem produz de modo universal"

Marx pensa o ser do homem como produção. Pro-dução significa: práxis, "atividade humana sensível". Qual é o caráter dessa atividade? Enquanto o animal – escreve Marx – é imediatamente uma unidade com a sua atividade vital, *é* a sua atividade vital, o homem, ao contrário, não se confunde com ela, faz da sua atividade vital um meio para a sua existência, não produz de modo unilateral, mas de modo universal. "Precisamente, apenas por isso, ele é um ser que pertence a um gênero (*Gattungswesen*)"[19]. A práxis constitui o homem no seu ser próprio, isto é, faz dele um *Gattungswesen*. O caráter da produção é, portanto, o de constituir o homem como ser capaz de um gênero, de torná-lo dono de um gênero (*Gattung*). Mas, imediatamente depois, Marx acrescenta: "Ou melhor, (o homem) é um ser consciente, isto é, a sua própria vida é para ele um objeto, precisamente enquanto ele é um *Gattungswesen*, um ser pertencente a um gênero". O homem não seria, portanto, um *Gattungswesen* enquanto é produtor, mas, ao contrário, seria a sua qualidade de ser genérico que faria dele um produtor. Essa ambiguidade essencial é reforçada ainda por Marx quando ele escreve: "A criação prática *de um mundo objetivo*, a *transformação* da natureza inorgânica é a confirmação de que o homem é um *Gattungswesen*"[20], por outro lado, "precisamente na transformação do mundo objetivo o homem se experimenta realmente *pela primeira vez* como um *Gattungswesen*"[21].

Encontramo-nos aqui diante de um verdadeiro e próprio círculo hermenêutico: a produção, a sua atividade vital consciente, constitui o homem como ser capaz de um gênero, mas, por outro lado, é apenas a sua capacidade de ter um gênero que faz do homem um produtor. Que esse círculo não seja nem uma contradição nem um defeito de rigor, mas que, nele, ao contrário, se esconda um momento essencial da reflexão de Marx, é provado pelo modo como o próprio Marx

---

[19] MARX, Karl. *Pariser Manuskripte 1844*. Hg. von Gunther Hillmann, p. 57. [Edição alemã deste texto nas obras completas de Marx e Engels, abreviada como MEGA: "Ökonomisch-philosophische Manuskripte". In: *Marx-Engels Gesamtausgabe (MEGA)*, I, 2. Berlin: Dietz Verlag, 1982. Ed. bras.: *Manuscritos econômico-filosóficos*. Tradução, apresentação e notas de Jesus Ranieri. São Paulo: Boitempo, 2004.]

[20] MEGA, p. 369. (N. T.)

[21] MEGA, p. 370 (N. T.)

mostra ter consciência do recíproco pertencimento entre práxis e "vida de gênero" (*Gattungsleben*), quando escreve que "o objeto do trabalho é a objetivação da vida de gênero" e que o trabalho alienado, enquanto arranca do homem o objeto da sua produção, lhe arranca também a sua vida de gênero, a sua efetiva objetividade genérica (*Gattungsgegenstandlichkeit*)[22]. Práxis e vida de gênero se pertencem reciprocamente em um círculo no interior do qual uma é origem e fundamento da outra. Somente porque Marx fez, até o fundo do seu pensamento, a experiência desse círculo, ele pode se separar do "materialismo intuitivo" (*anschaunde Materialismus*) de Feuerbach e pensar a "sensibilidade" como atividade prática, práxis. O pensamento desse círculo é, portanto, precisamente a experiência original do pensamento de Marx. O que quer dizer, então, *Gattung*, gênero? O que significa dizer que o homem é um *Gattungswesen*, um ser capaz de gênero?

Habitualmente se traduz essa expressão por "ser genérico" ou "ser pertencente a uma espécie", no sentido derivado das ciências naturais que as palavras "espécie" e "gênero" têm na linguagem comum. Mas que *Gattung* não signifique simplesmente "espécie natural" é provado pelo fato de que Marx considera a qualidade de *Gattungswesen* precisamente como o caráter que distingue os homens dos outros animais e a conecta expressamente à práxis, à atividade vital consciente própria do homem, e não à atividade vital dos animais. Se somente o homem é um *Gattungswesen*, se somente o homem é capaz de gênero, a palavra "gênero" tem aqui, evidentemente, um sentido mais profundo do que aquele naturalístico comum, um sentido que não pode ser entendido na sua ressonância própria se não se o coloca em relação com aquilo que a filosofia ocidental pensou com essa palavra.

---

[22] MARX, Karl. *Pariser Manuskripte 1844*, hg. von Gunther Hillmann, p. 57. [MEGA, p. 370.]

No quinto livro da *Metafísica*, que é inteiramente dedicado à explicação de alguns termos, Aristóteles define o gênero (γένος) como γένεσις συνεχής. Assim – ele acrescenta – a expressão: "até quando existir o gênero humano" significa: "até quando houver γένεσις συνεχής dos homens"[23]. Costuma-se traduzir γένεσις συνεχής por "geração contínua", mas essa tradução é exata somente se se dá a "geração" o sentido mais amplo de "origem" e se não se entende a palavra "contínuo" simplesmente como "compacto, não interrompido", mas, segundo o seu étimo, como "o que mantém unido (συν-έχει), *con-tinens*, o que con-tém e se con-tém". Γένεσις συνεχής significa: origem que mantém junto (συν-έχει) na presença. O gênero (γένος) é o *continente original* (tanto no sentido ativo do que mantém unido e reúne, quanto no sentido reflexivo do que se mantém unido, do que é contínuo) dos indivíduos que pertencem a ele.

Que o homem seja capaz de um gênero, seja um *Gattungswesen*, significa portanto: há para o homem um *continente original*, um princípio que faz com que os indivíduos humanos não sejam estranhos uns para os outros, mas sejam precisamente *humanos*, no sentido de que em todo homem está imediatamente e necessariamente presente o gênero inteiro. Por isso, Marx pode dizer que "o homem é um *Gattungswesen*... porque se comporta para consigo mesmo como para com o gênero presente e vivente" e que "a proposição de que ao homem se tornou estranho o seu ser genérico significa que um homem se tornou estranho a outro homem, e, ao mesmo tempo, que cada homem se tornou estranho ao ser do homem"[24].

A palavra "gênero" não é, portanto, entendida por Marx no sentido de espécie natural, de um caráter naturalístico comum

---

[23] *Metafísica*, 1024a.

[24] MARX, Karl. *Pariser Manuskripte 1844*, hg. von Gunther Hillmann, p. 58. [MEGA, p. 370.]

pressuposto, de modo inerte, nas diferenças individuais – e o é tão pouco que não será uma conotação naturalística que fundará o caráter de homem como *Gattungswesen*, mas a práxis, a atividade livre e consciente –, mas no sentido ativo de γένεσις συνεχής, isto é, como o princípio original (γένεσις) que, em todo indivíduo ou em todo ato, funda o homem como ser *humano* e, assim fundando-o, o con-tém, o mantém unido aos outros homens, faz dele um ser universal.

Para compreender por que Marx se serve da palavra "gênero" (*Gattung*) e por que a caracterização do homem como ser capaz de um gênero ocupa um lugar tão essencial no desenvolvimento do seu pensamento, devemos remontar à determinação que Hegel dá do gênero na *Fenomenologia do Espírito*.

Tratando do valor do gênero na natureza orgânica e da sua relação com a individualidade concreta, Hegel diz que a criatura singular vivente não é, ao mesmo tempo, um indivíduo universal: a universalidade da vida orgânica é puramente contingente e se poderia comparar a um silogismo "no qual em um dos dois extremos está a vida como universal ou como *gênero* e, do outro extremo, a mesma vida universal, mas como singular e indivíduo universal"; mas no qual o termo médio, isto é, o indivíduo concreto, não é verdadeiramente tal, enquanto não possui em si os dois extremos que deveria mediar. Por isso, diferentemente do que acontece com a consciência humana, "a natureza orgânica", escreve Hegel, "não tem história; do seu universal, a vida, ela se precipita imediatamente na singularidade do existente".

Quando a original força unificante do sistema hegeliano se dissolveu, o problema da conciliação entre "gênero" e "indivíduo", entre o "conceito de homem" e "o homem de carne e osso" tomou o lugar central nas preocupações dos jovens hegelianos ou hegelianos de esquerda. A mediação do indivíduo e do gênero assumia, de fato, um interesse particular, na medida em que, reconstruindo, sobre uma base concreta, a universalidade do homem, teria trazido, ao mesmo tempo, a solução para o problema da unidade do espírito e da natureza, do homem como ser *natural* e do homem como ser humano e *histórico*.

Em um opúsculo, publicado no ano de 1845, que gozou de muita consideração nos ambientes do socialismo alemão, Moses Hess descreveu nestes termos a tentativa – e, ao mesmo tempo, o malogro – dos "Últimos filósofos" (Stirner e Bauer) de conciliar os dois termos opostos do silogismo hegeliano:

> A ninguém ocorreria afirmar que o astrônomo seja o sistema solar do qual ele conheceu a existência. O homem singular, porém, que conheceu a natureza e a história, deve, segundo os nossos últimos filósofos, ser o "gênero", o "todo". Todo homem, lê-se na revista de Buhl, é o Estado, é a Humanidade. Todo homem é o gênero, a totalidade, a humanidade e o todo, escrevia, faz algum tempo, o filósofo Julius. "O indivíduo singular é toda a natureza, e assim também é todo o gênero", disse Stirner. Desde que o cristianismo existe trabalha-se para eliminar a diferença entre pai e filho, entre divino e humano, isto é, entre o "conceito de homem" e o homem "em carne e osso". Mas assim como o protestantismo não conseguiu superar a diferença suprimindo a igreja visível... do mesmo modo não foram nisso bem-sucedidos os últimos filósofos, que eliminaram também a igreja invisível, e colocaram, porém, no lugar do céu, "o espírito absoluto", a autoconsciência e o *Gattungswesen*[25].

Marx reprovava Feuerbach exatamente por não ter sabido conciliar o indivíduo sensível e a universalidade do gênero, e por ter, por isso, pensado ambos de modo abstrato, concebendo o ser apenas como "gênero" (*"Gattung"*, entre

---

[25] [HESS, Moses.] *Die letzten Philosophen*. [Darmstadt: Leste,] (1845) [,p. 1–2], trad. it. In: *La sinistra Hegeliana* (1960), p. 21.

aspas), isto é, como "generalidade interna, muda, que conecta *de modo natural* muitos indivíduos" (*als innere, stumme, die vielen Individuen* naturlich *verbindende Allgemeinheit*) (VIª tese sobre Feuerbach).

O termo médio, que constitui o gênero do homem, entendido não como generalidade inerte e material, mas como γένεσις, princípio original ativo, é, para Marx, a práxis, a atividade produtiva humana. Que a práxis constitua, nesse sentido, o gênero do homem, isso significa que a produção que nela se efetua é, também, "autoprodução do homem", o ato de origem (γένεσις) eternamente ativo e presente que constitui e con-tém o homem no seu gênero e funda, ao mesmo tempo, a unidade do homem com a natureza, do homem como ser natural e do homem como ser natural *humano*.

No ato produtivo, o homem se situa, de repente, em uma dimensão que é subtraída a toda naturalística, porque é ela mesma a origem essencial do homem. Liberando-se, a um só tempo, de Deus (como criador primeiro) e da natureza (entendida como o todo independente do homem, do qual ele faz parte do mesmo modo que os outros animais), o homem se coloca, no ato produtivo, como origem e natureza do homem[26]. Esse ato de origem é, portanto, também o ato original e a fundação da história, entendida como o devir natureza, para o homem, da essência humana e o devir homem da natureza. Como tal, isto é, como gênero e autoprodução do homem, a história abole "a natureza que precede a história dos homens, a qual não existe mais nos nossos dias em parte alguma, salvo em algum atol australiano de formação recente",

---

[26] Por isso, o problema teológico, o problema de Deus como criador do homem não é negado por Marx, mas suprimido de modo bem mais radical do que em qualquer ateísmo, tanto que ele pode dizer que "o ateísmo não tem mais sentido, porque o ateísmo é uma negação de Deus, e põe a existência do homem através dessa negação; mas o socialismo não tem necessidade desse termo médio" [MEGA, p. 398].

e – suprimindo também a si mesma enquanto história, enquanto *outro* da natureza – se coloca como a "verdadeira história natural do homem"[27]. E, já que história é sinônimo de sociedade, Marx pode dizer que a sociedade (cujo ato de origem é a práxis) "é a unidade essencial, que chegou ao próprio acabamento, do homem com a natureza, a verdadeira ressurreição da natureza, o naturalismo acabado do homem e o humanismo acabado da natureza"[28]. E é porque ele pensa a produção nessa dimensão original e faz a experiência da sua alienação como o evento capital da história do homem, que a determinação que Marx dá da práxis atinge um horizonte essencial do destino do homem, do ser cujo estatuto sobre a terra é um estatuto produtivo. Mas, mesmo situando a práxis na dimensão original do homem, Marx não pensou a essência da produção para além do horizonte da metafísica moderna.

De fato, se perguntarmos, a essa altura, o que confere à práxis, à produção humana, o seu poder genérico e faz dela assim o continente original do homem, se perguntarmos, em outras palavras, qual é o caráter que distingue a práxis da mera atividade vital própria também dos outros animais, a resposta que Marx dá a essa pergunta nos remete àquela metafísica da vontade da qual vimos a origem na determinação aristotélica da πρᾶξις como ὄρεξις e νοῦς πρακτικός.

A práxis, no que diz respeito à atividade vital dos outros animais, é definida por Marx deste modo: "O homem faz da sua própria atividade vital o objeto da sua *vontade* e da sua *consciência*", "A atividade *livre* e *consciente* é o caráter de gênero do homem". Enquanto o caráter consciente é, para Marx, um caráter derivado ("a consciência é do início ao fim produto social"), a essência original da vontade tem a sua raiz no homem enquanto ser natural, enquanto *vivente*.

---

[27] MEGA, p. 409. (N.T.)
[28] MEGA, p. 391. (N.T.)

Como na definição aristotélica do homem como ζῷον λόγον ἔχων, vivente dotado de λόγος, *animal rationale*, havia uma interpretação necessariamente implícita do vivente (ζῷον) cujo caráter original Aristóteles determinava – para o vivente homem – como ὄρεξις, no tríplice sentido de apetite, desejo e volição, do mesmo modo na definição marxiana do homem, como ser natural *humano*, está implícita uma interpretação do homem com *ser natural*, como *vivente*.

O caráter do homem com ser natural é, para Marx, apetite (*Trieb*) e paixão (*Leidenschaft, Passion*). "Como ser natural, como ser natural vivente, ele (o homem) é, em parte, dotado de *forças naturais* (*naturlichen Kraften*), de *forças vitais* (*Lebenskraft*), isto é, é um ser natural *ativo* (*tatiges*); e essas forças existem nele como disposições e faculdades, como apetites (*Triebe*)..."[29]; "O homem como ser objetivo sensível é, portanto, um ser passivo e, uma vez que sente este seu padecer, é um ser *apaixonado* (*leidenschaftliches*). A passionalidade, a paixão (*die Leidenschaft, die Passion*) é a força essencial do homem que tende energicamente ao próprio objeto"[30].

Quando o caráter consciente da práxis for rebaixado – na *Ideologia alemã* – a um caráter derivado e entendido como consciência prática, νοῦς πρακτικός, relação imediata com o ambiente sensível circundante, a vontade, determinada naturalisticamente como apetite e paixão, permanecerá o único caráter original da práxis. A atividade produtiva do homem é, na sua base, *força* vital, apetite e tensão enérgica, paixão. A essência da práxis, do caráter genérico do homem, como ser *humano* e histórico, retrocede assim a uma conotação naturalística do homem como ser *natural*. O continente original do vivente homem, do vivente que produz, é a

---

[29] MEGA, p. 408. (N.T.)

[30] MARX, Karl. *Pariser Manuskripte 1844*, hg. von Gunther Hillmann, p. 117-118. [MEGA, p. 409.].

POÍESIS E PRÁXIS

vontade. A produção humana é práxis. "O homem produz de modo universal".

4 - "A arte é a mais alta tarefa do homem, a verdadeira atividade metafísica"

O problema da arte não existe, como tal, no interior do pensamento de Nietzsche, porque todo o seu pensamento é pensamento da arte. Não existe uma estética de Nietzsche porque Nietzsche não pensou em momento algum a arte a partir da αἴσθησις, da apreensão sensível do espectador – e, todavia, é no pensamento de Nietzsche que a ideia estética da arte com *opus* de um *operari*, como princípio criativo-formal, atinge um ponto extremo do seu itinerário metafísico. E precisamente porque no pensamento de Nietzsche nos aproximamos, até o seu fundo, do destino niilístico da arte ocidental, a estética moderna está, no seu complexo, ainda distante de tomar consciência do seu objeto segundo o alto estatuto com o qual Nietzsche pensou a arte no círculo do eterno retorno e no modo da vontade de potência.

Esse estatuto se enuncia cedo no desenvolvimento do seu pensamento, no prefácio ao *Nascimento da tragédia*[31] (1871), nesse livro "no qual tudo é presságio". Ele declara: "a arte é a mais alta tarefa do homem, a verdadeira atividade metafísica".

A arte – como atividade metafísica – constitui a mais alta tarefa do homem. Essa frase não quer dizer, para Nietzsche, que a produção de obras de arte seja – de um ponto de vista cultural e ético – a atividade mais nobre e importante do homem. O apelo que, nessa frase, vem à linguagem não pode ser entendido na sua dimensão própria se não se o situa no horizonte do advento daquele "mais incômodo de todos

---

[31] Cf. Ed. bras.: NIETZSCHE, Friedrich. *O nascimento da tragédia ou helenismo e pessimismo.* Tradução, notas e posfácio de J. Guinsburg. São Paulo: Companhia das Letras, 1992. (N. T.)

os hóspedes", a propósito do qual Nietzsche escreve: "Eu descrevo o que vem, o que não pode vir de outro modo: a ascensão do niilismo"[32]. O "valor" da arte não pode, portanto, ser apreciado senão a partir da "desvalorização de todos os valores". Essa desvalorização de todos os valores – que constitui a essência do niilismo (*Der Wille zur Macht*, n. 2)[33] – tem, para Nietzsche, dois significados opostos (*W. z. M.*, n. 22)[34]. Há um niilismo que corresponde a um crescimento da potência do espírito e a um enriquecimento vital (Nietzsche o chama de niilismo ativo) e um niilismo como signo de decadência e de empobrecimento da vida (niilismo passivo). A essa duplicidade de significados corresponde uma análoga oposição entre uma arte que nasce de uma superabundância de vida e uma arte que nasce da vontade de se vingar da vida. Essa distinção é expressa na sua plenitude no aforismo 370 da *Gaia Ciência*[35], que traz o título: "O que é o romantismo?", e que Nietzsche considerava tão importante a ponto de reproduzi-lo alguns anos mais tarde – com alguma mudança – no seu "Nietzsche contra Wagner":

> Relativamente a todos os valores estéticos – escreve Nietzsche – me sirvo agora desta distinção fundamental; em cada caso singular pergunto: foi a fome ou a superabundância que aqui se tornou criativa? De início, poderia parecer mais recomendável uma outra distinção – que é muito mais evidente –; isto é, pareceria mais oportuno considerar atentamente se a causa da criação seria o desejo de fixar em

---

[32] Cf. Ed. bras.: NIETZSCHE, Friedrich. *A vontade de poder*. Tradução de Marcos Sinésio Pereira Fernandes e Francisco José Dias de Moraes. Rio de Janeiro: Contraponto, 2008. p. 23. (N.T.)

[33] Cf. Ed. bras.: NIETZSCHE. *A vontade de poder*, p. 29. (N.T.)

[34] Cf. Ed. bras.: NIETZSCHE. *A vontade de poder*, p. 36. (N.T.)

[35] Cf. Ed. bras.: NIETZSCHE, Friedrich. *A gaia ciência*. Tradução, notas e posfácio de Paulo César de Souza. São Paulo: Companhia das Letras, 2001. p. 272-274. (N.T.)

formas imutáveis, de eternizar, de *ser*, ou, ao contrário, o desejo de destruição, de mudança, de inovação, de porvir, de *devir*. Mas, olhai mais a fundo, ambas essas espécies de desejo se mostram ainda ambíguas e, na verdade, interpretáveis precisamente segundo o esquema proposto antes, e, a meu ver, preferido com razão. O desejo de *destruição*, de mudança, de devir, pode ser a expressão da força superabundante, grávida de porvir (o meu *terminus* para tudo isso é, com é sabido, a palavra "dionisíaco"), mas pode também ser o ódio da criatura mal sucedida, indigente, falida, que destrói, *tem que* destruir, porque aquilo que subsiste, melhor ainda, todo subsistir, todo ser mesmo provoca o seu desprezo e a sua ferocidade; para compreender esse modo de sentir, observem de perto os nossos anarquistas. A vontade de *eternizar* exige igualmente uma dupla interpretação. Pode brotar de gratidão e amor: uma arte que tenha essa origem será sempre uma arte de apoteose, ditirâmbica talvez, como em Rubens; alegremente zombeteira, como em Hafiz; plena de clareza e de indulgência, como em Goethe; uma arte que difunde um clarão de luz e de glória homéricos sobre todas as coisas (nesse caso, falo da arte *apolínea*). Mas poderia também ser a vontade tirânica de um homem dilacerado pela dor, em luta, martirizado, que gostaria de imprimir naquilo que é mais ligado à sua pessoa, à sua singularidade, naquilo que é mais íntimo nele, na característica idiossincrasia da sua dor, a marca de uma lei vinculante e de uma força coercitiva e que se vinga, por assim dizer, de todas as coisas, gravando, inserindo à força, marcando, nelas, com fogo, a sua imagem, a imagem da *sua* tortura. Este último é o *pessimismo romântico* na sua forma mais significativa, seja como filosofia schopenhaueriana da vontade, seja como música wagneriana: o pessimismo romântico, o último grande acontecimento no destino da nossa cultura. (Que possa também haver um pessimismo clássico − esse pressentimento e essa visão me pertencem, são o meu *proprium* e *ipsissimum*: apesar do fato de a palavra "clássico" não soar bem aos meus ouvidos, ser muito usada, ter-se tornado redonda e irreconhecível demais. Eu o chamo, aquele pessimismo do porvir – já que está para chegar, eu o vejo vindo! – de pessimismo *dionisíaco*)[36].

Nietzsche se dava conta de que a arte – enquanto negação e destruição de um mundo da verdade contraposto a um mundo das aparências – assumia, também ela, necessariamente uma coloração niilística: mas ele interpretava esse caráter – ao menos para a arte dionisíaca – como expressão daquele niilismo ativo a propósito do qual iria escrever mais tarde: "até que ponto o niilismo como negação de um mundo verdadeiro, de um ser, poderia ser um pensamento divino" (*W. z. M.*, n. 15)[37].

Em 1881, quando escreve *A Gaia Ciência*, o processo de diferenciação entre arte e niilismo passivo (a que corresponde, no aforismo 370, o pessimismo romântico) é doravante chegado ao seu acabamento. "Se não tivéssemos consentido às artes – ele escreve no aforismo 107 – o reconhecimento da ilusão e do erro como condições da existência cognitiva e sensível não nos teria sido de modo algum suportável, e as consequências da honestidade intelectual seriam náusea e suicídio"[38]. Mas existe uma força contrária que nos ajuda a eludir essa consequência e é precisamente a arte entendida como "boa vontade da aparência": "enquanto fenômeno estético, a existência ainda nos é *suportável*, e mediante a arte nos são concedidos olhos e mãos e, sobretudo, a boa consciência para *poder* fazer de nós mesmos um tal fenômeno"[39]. Entendida nessa dimensão, a arte é "a força antitética voltada contra toda vontade de aniquilação da vida, o princípio anticristão, antibudístico, antiniilista *par excellence*" (*W. z. M.*, n. 853)[40].

---

[36] Cf. Ed. bras.: NIETZSCHE. *A gaia ciência*, p. 273-274. (N.T.)

[37] Cf. Ed. bras.: NIETZSCHE. *A vontade de poder*, p. 34. (N.T.)

[38] Cf. Ed. bras.: NIETZSCHE. *A gaia ciência*, p. 132. (N.T.)

[39] Cf. Ed. bras.: NIETZSCHE. *A gaia ciência*, p. 132. (N.T.)

[40] Cf. Ed. bras.: NIETZSCHE. *A vontade de poder*, p. 427. (N.T.)

A palavra arte designa aqui algo de incomparavelmente mais vasto do que aquilo que estamos habituados a nos representar com esse termo, e o seu sentido próprio permanece inatingível enquanto nós nos obstinarmos a permanecer no terreno da estética e (já que tal é a interpretação corrente do pensamento de Nietzsche) do esteticismo. Qual seja a dimensão na qual Nietzsche situa essa mais alta tarefa metafísica do homem nos é indicado por um aforismo que traz o título: "Fiquemos alerta". Se nós adequamos a nossa mente à sonoridade própria do aforismo, se escutamos falar nele a voz daquele que ensina o eterno retorno do idêntico, então ele nos abrirá uma região na qual arte, vontade de potência e eterno retorno se pertencem reciprocamente em um único círculo:

> Guardemo-nos de pensar que o mundo seja um ser vivente. Em que direção ele se estenderia? De que se nutriria? Como poderia crescer e aumentar? Sabemos já aproximadamente o que é o orgânico: e deveríamos reinterpretar aquilo que é indizivelmente derivado, tardio, raro, casual, percebido por nós somente na crosta terrestre como um ser substancial, universal, eterno, como fazem aqueles que chamam o universo de "um organismo"? Frente a isso sinto desgosto. Guardemo-nos de crer que o universo seja uma "máquina": não é certamente construído para uma meta: concedemos-lhe uma honra muito alta com a palavra "máquina". Guardemo-nos de supor existir universalmente e em todo lugar algo de tão formalmente acabado como os movimentos cíclicos das nossas estrelas vizinhas: basta um olhar para a Via Láctea para nos perguntarmos se não existem movimentos muito mais imperfeitos e mais contraditórios, como estrelas com trajetórias retilíneas eternas e outras coisas do gênero. A ordem astral em que vivemos é uma exceção; essa ordem e a considerável duração da qual é a condição tornaram novamente possível a exceção das exceções: a formação do orgânico. O caráter geral do mundo é, no entanto, caos para toda a eternidade, não no sentido de uma falta de necessidade, mas de uma falta

de ordem, articulação, forma, beleza, sabedoria e de tudo quanto seja expressão da nossa natureza humana estética. A julgar do ponto de vista da nossa razão, os golpes falhos são muito mais a regra, as exceções não são a meta secreta e todo o mecanismo sonoro repete eternamente o seu motivo, que jamais poderá ser dito uma melodia: e, por fim, até a expressão "golpe falho" é uma humanização que inclui em si uma censura. Mas como poderíamos censurar ou louvar o universo? Guardemo-nos de atribuir-lhe ausência de sensibilidade e de razão ou o oposto disso: o universo não é perfeito nem belo nem nobre e nem quer se tornar nada disso, não procura absolutamente imitar o homem! Não é absolutamente tocado por nenhum dos nossos juízos estéticos ou morais! Não tem nem mesmo um instinto de autoconservação e muito menos instintos em geral: não conhece nem mesmo leis. Guardemo-nos de dizer que existem leis da natureza. Há apenas necessidades: e então não há ninguém que comande, ninguém que preste obediência, ninguém que transgrida. Se soubésseis que não existem propósitos, saberíeis também que não existe o acaso: porque somente junto a um mundo de propósitos a palavra acaso tem um sentido. Guardemo-nos de dizer que a morte seria aquilo que se contrapõe à vida. O vivente é apenas uma variedade do inanimado e uma variedade bastante rara. Guardemo-nos de pensar que o mundo cria eternamente o novo. Não existem substâncias eternamente duradouras: a matéria é um erro, nem mais nem menos do que o deus dos Eleatas. Mas quando deixaremos de estar circunspectos e em guarda? Quando será que todas essas sombras de Deus não nos ofuscarão mais? Quando teremos desdivinizado completamente a natureza? Quando poderemos começar a nos *naturalizar*, os homens, junto a uma pura natureza, novamente encontrada, novamente redimida![41]

---

[41] Cf. Ed. bras.: NIETZSCHE. *A gaia ciência*. Aforismo 109, p. 135-136. (N.T.)

Na acepção comum, caos é o que é por definição privado de sentido, o insensato em si e por si. Que o caráter geral do mundo seja caos para toda a eternidade quer dizer que todas as representações e as idealizações do nosso conhecimento perdem significado. Entendida no horizonte da ascensão do niilismo, essa frase significa: a existência e o mundo não têm nem valor nem propósito, todos os valores se desvalorizam.

"As categorias *propósito, unidade, ser*, com as quais atribuímos valor ao mundo, nos foram novamente subtraídas" (*W. z. M.*, n. 853). E, todavia, que o caráter geral do mundo seja caos, não significa para Nietzsche que ao mundo falte necessidade; ao contrário, o aforismo diz precisamente que "há apenas necessidades". O sem-propósito e o sem-sentido são, porém, necessários: o caos é fatalidade. Na concepção do caos como necessidade e fatalidade o niilismo alcança a sua forma extrema, aquela na qual ela se abre à ideia do eterno retorno.

"Imaginemos esse pensamento na sua forma mais terrível: a existência tal qual é, sem propósito nem sentido, mas inevitavelmente retornando, sem um fim no nada: o eterno retorno. Esta é a forma extrema do niilismo: o nada (o sem-sentido) eterno!" (*W. z. M.*, n. 55)[42].

Na ideia do eterno retorno, o niilismo alcança a sua forma extrema, mas, precisamente por isso, ele entra em uma zona em que se torna possível a sua superação. O niilismo *acabado* e a mensagem de Zaratustra sobre o eterno retorno do idêntico pertencem a um mesmo enigma, mas estão separados por um abismo. A relação entre eles – a vizinhança entre eles e, ao mesmo tempo, a incomensurável distância entre eles – é expressa por Nietzsche na última página de *Ecce Homo*:

---

[42] Cf. Ed. bras.: NIETZSCHE. *A vontade de poder*, p. 52. (N.T.)

O problema psicológico do tipo de Zaratustra é este: como é possível que aquele que, de modo inaudito, diz não a tudo aquilo a que até agora foi dito sim, possa ser, todavia, o oposto de um negador; como é possível que aquele que traz o mais grave peso do destino, uma tarefa fatal, possa ser, todavia, o espírito mais leve e mais além – porque Zaratustra é um dançarino; como é possível que aquele que traz em si a mais dura e terrível visão da realidade, que pensou o pensamento mais abissal, não encontre aí, todavia, nenhuma objeção contra a existência, e nem mesmo contra o seu eterno retorno, mas, antes, uma razão a mais para *ser ele mesmo* o eterno sim dito a todas as coisas... o enorme e sem limite sim e amém...[43]

Um aforismo que abre o quarto livro da *Gaia Ciência* nos mostra em qual dimensão esse nó psicológico encontra a sua solução: "Quero aprender cada vez mais", escreve Nietzsche, "a ver o necessário nas coisas como aquilo que há de mais belo nelas: assim serei um daqueles que tornam belas as coisas. *Amor fati*: seja este doravante o meu amor... quando quer que seja, quero apenas ser, de agora em diante, alguém que diz sim"[44].

A essência do amor é, para Nietzsche, vontade. *Amor fati* significa: vontade de que aquilo que existe seja o que é, vontade do círculo do eterno retorno como *circulus vitiosus deus*. No *amor fati*, na vontade que quer o que é até desejar seu eterno retorno, e, assumindo sobre si o maior peso, diz sim ao caos e não quer mais que o eterno selo do devir, o niilismo se inverte na aprovação extrema dada à vida:

O que aconteceria se, um dia ou uma noite, um demônio se arrastasse furtivo na mais solitária das tuas solidões e te

---

[43] Cf. Ed. bras.: NIETZSCHE, Friedrich. *Ecce homo*. Tradução, notas e posfácio de Paulo César Souza. São Paulo: Companhia das Letras, 2000. (N.T.)

[44] Cf. Ed. bras.: NIETZSCHE. *A gaia ciência*. Aforismo 276, p. 187-188. (N.T.)

dissesse: "Essa vida, como tu agora a vives e a viveste, terás que vivê-la mais uma vez e ainda inumeráveis vezes, e não haverá nela mais nada de novo, mas toda dor e todo prazer e todo pensamento e suspiro, e toda indizivelmente pequena e grande coisa da tua vida terá que retornar a ti, e todas na mesma sequência e sucessão – e assim também esta aranha e esta luz da lua entre os galhos das árvores e assim também esse instante e eu mesmo. A eterna ampulheta da existência é sempre de novo invertida e tu, com ela, grão de poeira!" Não te deitarias na terra, rosnando, arreganhando os dentes e maldizendo o demônio que assim falou? Ou talvez viveste uma vez uma instante imenso, no qual esta teria sido a tua resposta: "Tu és um deus e jamais ouvi coisa mais divina!"? Se esse pensamento te tomasse em seu poder, a ti faria, tal com és agora, sofrer uma metamorfose, e talvez te esmagaria: a pergunta, para qualquer coisa: "tu queres isso mais uma vez e ainda inumeráveis vezes?" pesaria sobre o teu agir como o maior dos pesos. Ou, quanto deveria amar a ti mesmo e a vida, para não desejar mais qualquer outra coisa que não fosse essa última eterna sanção, esse selo definitivo? (*A Gaia Ciência*, af. 341)[45]

No homem que reconhece a sua essência a partir dessa vontade e desse amor, e põe em acordo o próprio ser com o devir universal no círculo do eterno retorno, se cumpre a superação do niilismo e, ao mesmo tempo, a redenção do caos e da natureza, que transforma todo "foi" em um "assim eu quis que fosse". Vontade de poder e eterno retorno não são duas ideias que Nietzsche pode casualmente colocar uma ao lado da outra: elas pertencem à mesma origem e significam metafisicamente a mesma coisa. A expressão "vontade de potência" indica a mais íntima essência do ser, entendido como vida e devir, e o eterno retorno do idêntico é o nome da "mais extrema aproximação possível de uma mundo do

---

[45] Cf. Ed. bras.: NIETZSCHE. *A gaia ciência*, p. 230. (N.T.)

devir com um mundo do ser". Por isso, Nietzsche pode resumir nesta forma a essência do seu pensamento:

> Recapitulação:
> Imprimir ao devir o caráter do ser: – esta é a mais alta vontade de potência (*W. z. M.*, n. 617)[46]

Pensada nessa dimensão metafísica, a vontade de potência é o con-tinente do devir, que atravessa o círculo do eterno retorno e, atravessando–o, o contém, e transforma o caos no "áureo círculo redondo" do grande meio–dia, da "hora da sombra mais curta" em que se anuncia o advento do super-homem. Somente nesse horizonte se torna possível compreender o que Nietzsche entendia afirmando que a arte "é a mais alta tarefa do homem, a verdadeira atividade metafísica".

Na perspectiva da superação do niilismo e da redenção do caos, Nietzsche situa de um só golpe a arte fora de toda dimensão estética e a pensa no círculo do eterno retorno e da vontade de potência. Nesse círculo, a arte se apresenta à meditação de Nietzsche como o traço fundamental da vontade de potência, na qual se identificam a essência do homem e a essência do devir universal. Nietzsche chama de *arte* essa estação do homem no seu destino metafísico; *arte* é o nome que ele dá ao traço essencial da vontade de potência: a vontade que, no mundo, reconhece, por toda parte, a si mesma e sente todo advento como o traço fundamental do seu próprio caráter, se exprime, para Nietzsche, no valor: *arte*.

Que Nietzsche pense a arte como potência metafísica original, que todo o seu pensamento seja, nesse sentido, pensamento da arte, um fragmento do verão–outono de 1881 o demonstra: "Nós queremos ter sempre de novo a esperança de uma obra de arte! Assim devemos plasmar a vida de modo a nutrir esse desejo por cada uma de suas partes! Esta é a ideia

---

[46] Cf. Ed. bras.: NIETZSCHE. *A vontade de poder*, p. 316. (N.T.)

principal! Somente no fim será então enunciada a teoria da repetição de tudo o que existiu: uma vez que tenha sido inculcada a tendência para criar algo que possa florir cem vezes melhor sob o sol dessa teoria"[47]. Somente porque pensa a arte nessa dimensão original, Nietzsche pode dizer que "a arte tem mais valor que a verdade" (*W. z. M.*, n. 853)[48] e que "nós temos a arte para não afundar frente à verdade" (*W. z. M.*, n. 822)[49].

O homem que toma para si o "maior peso" da redenção da natureza é o homem da arte, o homem que, a partir das últimas tensões do princípio criativo fez em si a experiência do nada que exige forma e inverteu essa experiência em extrema aprovação dada à vida, na adoração da aparência entendida como "eterna alegria do devir, essa alegria que traz em si a alegria do aniquilamento".

O homem que aceita na sua própria vontade a vontade de potência como traço fundamental de tudo o que é e quer a si mesmo a partir dessa vontade é o super-homem. Super-homem e homem da arte são a mesma coisa. A hora da sombra mais curta, em que se abole a diferença entre mundo verdadeiro e mundo das aparências, é também o deslumbrante meio-dia do "olimpo das aparências", do mundo da arte.

Como redenção do acaso, a "mais alta tarefa do homem" aponta para um tornar-se natureza da arte que é, ao mesmo tempo, um tornar-se arte da natureza. Nesse movimento extremo e nessa união nupcial se fecha o anel do eterno retorno, "a esfera áurea bem redonda" em que a natureza se liberta da sombra de Deus e o homem se naturaliza.

---

[47] NIETZSCHE, Friedrich. *Werke: Kristische Gesamtausgabe*. Ed. Giorgio Colli e Mazzino Montinari. New York: de Gruyter, 1973. v. 5.2. p. 403. (N.T.)

[48] Cf. Ed. bras.: NIETZSCHE. *A vontade de poder*, p. 427. (N.T.)

[49] Cf. Ed. bras.: NIETZSCHE. *A vontade de poder*, p. 411. (N.T.)

Em um fragmento dos últimos anos, Nietzsche escreve: "Sem a fé cristã, dizia Pascal, vós seríeis para vós mesmos, assim como a natureza e a história, um monstro e um caos. Nós cumprimos essa profecia" (*W. z. M.*, n. 83)[50]. O homem da arte é o homem que cumpriu a profecia de Pascal e, portanto, ele é "um monstro e um caos". Mas esse monstro e esse caos têm o rosto divino e o sorriso alciônico de Dionísio, do Deus que transforma, com sua dança, o pensamento mais abissal na alegria mais alta, e com cujo nome, já à época do *Nascimento da Tragédia*, Nietzsche quis exprimir a essência da arte.

No último ano de lucidez, Nietzsche muda os projetos para o título do quarto livro da obra que pensava em escrever, *A vontade de potência*. Eles soam agora como: *Redenção do niilismo, Dionísio, filosofia do eterno retorno, Dionísio filósofo*.

Mas na essência da arte, que atravessou até o fundo o próprio nada, domina a vontade. A arte é a eterna autogeração da vontade de potência. Como tal, ela se destaca tanto da atividade do artista quanto da sensibilidade do espectador para se colocar como o traço fundamental do devir universal. Um fragmento dos anos 1885-86 afirma: "A obra de arte, onde ela aparece sem artista, por exemplo como corpo, como organismo... Em que medida o artista não é senão uma grande preliminar. O mundo como obra de arte que gera a si mesma"[51].

---

[50] Cf. Ed. bras.: NIETZSCHE. *A vontade de poder*, p. 65. (N.T.)

[51] NIETZSCHE. *W.z.M.*, n. 796 [Ed. bras., p. 397]. A leitura de Nietzsche contida neste capítulo não teria sido possível sem os fundamentais estudos de Heidegger sobre o pensamento nietzschiano, em particular: *Nietzsches Wort "Gott ist tot"*. In.: *Holzwege* (1950) [Ed. port.: HEIDEGGER, Martin. *A palavra de Nietzsche "Deus morreu"*. In: *Caminhos de floresta*. Coord. científica da edição e tradução de Irene Borges-Duarte. Lisboa: Fundação Calouste Gulbenkian, 2002.]; e *Nietzsche* (1961) [Ed. bras.: HEIDEGGER, Martin. *Nietzsche*. Tradução de Marco Antônio Casanova. Rio de Janeiro: Forense Universitária, 2007. v. I e II.]

CAPÍTULO NONO

A estrutura original
da obra de arte

"Tudo é ritmo, todo o destino do homem é um só ritmo celeste, como toda obra de arte é um ritmo único, e tudo oscila dos lábios poetizantes do deus..."[1]

Essa frase de Hörderlin não nos foi transmitida pela sua mão. Ela pertence a um período da sua vida – aquele entre 1807 e 1843 – que se costuma comumente definir como: anos da loucura. A mão piedosa de um visitante transcreveu as palavras que a compõem a partir dos "discursos desconexos" que o poeta pronunciava no seu quarto na casa do marceneiro Zimmer. Bettina von Arnim, incluindo-as em seu livro *Die Günderobe*, comentava: "Os seus discursos (de Hölderlin) são para mim como as palavras do oráculo, que ele, semelhante ao sacerdote de deus, exclama na loucura, e certamente toda a vida do mundo diante dele é privada de sentido, porque não diz respeito a ele... É uma aparição, e o meu pensamento está inundado de luz"[2].

---

[1] Cf. VON ARMIM, Bettina. *Die Günderode.* Leipzig: Insel, 1914. v. 1. p. 331. (N.T.)

[2] VON ARMIM. *Die Günderode*, p. 333-334. (N.T.)

O que a frase diz parece – à primeira vista – obscuro e genérico demais para que possamos ser tentados a tomá-la em consideração em uma pesquisa filosófica sobre a obra de arte. Mas, se quisermos, por outro lado, nos prender ao seu sentido próprio, isto é, se quisermos, para corresponder a ela, começar por fazer dela, antes de tudo, um problema, então a pergunta que surge imediatamente é: o que é o ritmo, que Hölderlin atribui à obra de arte como caráter original?

A palavra "ritmo" não é estranha à tradição do pensamento ocidental. Encontramo-la, por exemplo, em um ponto crucial da *Física* de Aristóteles, no início do livro II, precisamente no momento em que Aristóteles, depois de ter exposto e criticado as teorias dos seus predecessores, afronta o problema da definição da natureza. Para dizer a verdade, Aristóteles não menciona aqui, diretamente, a palavra ritmo (ῥυθμός), mas se serve da expressão privativa τὸ ἀρρύθμιστον, o que em si é carente de ritmo. Buscando a essência da natureza, ele se refere, de fato, à opinião do sofista Antifonte, segundo o qual a natureza é τὸ πρῶτον ἀρρύθμιστον, o que é em si informe e privado de estrutura, a matéria inarticulada submetida a toda forma e mutação, isto é, o elemento (στοιχεῖον) primeiro e irredutível, identificado por alguns com o Fogo, por outros com a Terra, com o Ar e com a Água[3]. Em oposição a τὸ πρῶτον ἀρρύθμιστον, é ῥυθμός o que vem se unir a esse substrato imutável e, unindo-se, o compõe e forma, lhe confere *estrutura*. Nesse sentido, o ritmo é *estrutura*, esquema[4], contraposto à matéria elementar e inarticulada.

---

[3] ARISTÓTELES. *Física*, 193a.

[4] No livro I da *Metafísica* (985b), Aristóteles, expondo a teoria dos atomistas que colocavam na origem o Vazio e o Pleno, e faziam derivar deles todas as coisas por "diferença", diz que, segundo Leucipo e Demócrito, essa "diferença" era de três espécies: ῥυσμῷ καὶ διαθιγὴ καὶ τροπῇ, e explica o ritmo como σχῆμα (ἔχω), modo de se manter, estrutura.

Entendida nessa perspectiva, a frase de Hölderlin significaria então que toda obra de arte é uma única estrutura e implicaria, portanto, uma interpretação do ser original da obra de arte como ῥυθμός, estrutura. Se isso é verdadeiro, ela apontaria, de algum modo, para a via na qual se meteu a crítica contemporânea, quando – abandonando o terreno da estética tradicional – se põe à procura das "estruturas" da obra de arte.

Mas é, afinal, de fato assim? Guardemo-nos das conclusões apressadas. Se observarmos os vários significados que o termo "estrutura" assume hoje nas ciências humanas, nos daremos conta de que eles giram todos em torno de uma definição derivada da psicologia da forma, que Lalande, na segunda edição do seu dicionário filosófico, compendia deste modo: o termo "estrutura" designa "em contraposição a uma simples combinação de elementos, um todo formado a partir de fenômenos solidários, tais que cada um depende dos outros e pode ser aquilo que é apenas na e pela sua relação com eles"[5].

A estrutura, como a *Gestalt*, é, portanto, um todo que contém algo mais que a simples soma das suas partes.

Se observarmos agora mais de perto o uso que a crítica contemporânea faz dessa palavra, nos daremos conta de que há nela uma substancial ambiguidade, pela qual ela designa *ora* o elemento primeiro e irredutível (a estrutura elementar) do objeto em questão, *ora* o que faz com que o conjunto seja aquilo que é (isto é, algo mais que a soma das suas partes), em outras palavras, a sua estrutura própria.

Essa ambiguidade não se deve a uma simples imprecisão ou a um arbítrio dos estudiosos que se servem da palavra "estrutura", mas é consequência de uma dificuldade que já tinha sido observada por Aristóteles no fim do livro VII da *Metafísica*. Colocando-se o problema acerca do que faz com que – em

---

[5] LALANDE, André. *Vocabulaire technique et critique de la philosophie*. Paris: PUF, 1968. p. 1031. (N. T.)

um conjunto que não seja um mero agregado (σωρός), mas uma unidade (ἕν, correspondente à estrutura no sentido que se viu) – o todo seja algo mais que a simples combinação dos seus elementos (por que, por exemplo, a sílaba βα não é apenas a consoante β mais a vogal α, mas outra coisa, ἕτερόν τι), Aristóteles observa que a única solução que parece possível à primeira vista é que essa "outra coisa" não seja, por sua vez, outra coisa senão um elemento ou um conjunto composto de elementos. Mas – se isso, como parece evidente, é verdadeiro, porque essa "outra coisa" terá também que existir de algum modo – a solução do problema retrocede então ao infinito (εἰς ἄπειρον βαδιεῖται), porque o conjunto resultará agora das suas partes, *mais* um outro elemento, e o problema se torna aquele da busca interminável de um elemento último e irredutível, além do qual não se pode ir[6].

Este era precisamente o caso daqueles pensadores que, determinando o caráter da natureza como τὸ πρῶτον ἀρρύθμιστον, buscam afinal os elementos primeiros (στοιχεῖα); e, em particular, pitagóricos, os quais, já que os números (ἀριθμοί), pela sua particular natureza a um tempo material e imaterial, pareciam ser os elementos primeiros além dos quais não é possível remontar, pensavam que os números fossem os princípios originais de todas as coisas. Aristóteles os reprovava por considerarem os números ao mesmo tempo como elemento, isto é, como componente último, *quantum* mínimo, e como o que faz com que uma coisa seja aquela que é, como o princípio original da presença do conjunto[7].

Mas a "outra coisa" que faz com que o todo seja mais do que a soma das suas partes tinha que ser, para Aristóteles, algo de radicalmente outro e, portanto, não um elemento existente à sua volta nos mesmos moldes dos outros – ainda que primeiro e mais universal –, mas algo que pudesse ser encontrado apenas

---

[6] ARISTÓTELES. *Metafísica*, 1041b.

[7] ARISTÓTELES. *Metafísica*, 990a.

abandonando o terreno da divisão ao infinito para entrar em uma dimensão mais essencial, que Aristóteles designa como a αἰτία τοῦ εἶναι, a "causa do ser", e a οὐσία, o princípio que dá origem e mantém cada coisa na presença e, portanto, não um elemento material, mas a forma (μορφὴ καὶ εἶδος). Por isso, na passagem do segundo livro da *Física* à qual aludimos mais acima, Aristóteles refuta a teoria de Antifonte e de todos aqueles que definem a natureza como matéria elementar, τὸ ἀρρύθμιστον, e identifica, ao contrário, a natureza, isto é, o princípio original da presença, precisamente com o ῥυθμός, a estrutura, entendida como sinônimo de forma.

Se voltarmos agora a nos interrogar sobre a ambiguidade do termo "estrutura" nas ciências humanas, vemos que elas cometem, em um certo sentido, o mesmo erro que Aristóteles reprovava nos pitagóricos. Elas partem da ideia de estrutura como um todo que contém algo além de seus elementos, mas – precisamente na medida em que, abandonando o terreno da busca filosófica, querem se construir como "ciência" – entendem afinal esse "algo", por sua vez, como *elemento*, o elemento primeiro, o *quantum* último além do qual o objeto perde a sua realidade. E uma vez que, como tinha já acontecido como os pitagóricos, a matemática parece oferecer o modo para evitar a regressão ao infinito, a análise estrutural busca por toda parte a cifra original (ἀριθμός) do fenômeno que constitui o seu objeto, e é levada a adotar, em uma medida cada vez maior, um método matemático, enquadrando-se, assim, naquele processo geral de matematização dos fatos humanos que é um dos caracteres essenciais do nosso tempo[8].

---

[8] É curioso notar que um fenômeno semelhante de progressiva matematização da pesquisa filosófica já tinha sido observado por Aristóteles. Depois de ter criticado a teoria platônica das ideias e a identificação destas com os números, Aristóteles comenta: "Para os modernos a filosofia se tornou matemática (γέγονε τὰ μαθήματα τοῖς νῦν ἡ φιλοσοφία), mesmo que eles digam que devemos nos servir da matemática como meio para outros fins" (*Met.* 992b). A razão dessa

Ela entende, consequentemente, a estrutura não apenas como ῥυθμός, mas também como número e princípio elementar, isto é, precisamente como o contrário de uma estrutura no sentido que os gregos davam a essa palavra. A busca da estrutura na crítica e na linguística corresponde paradoxalmente ao obscurecimento e à regressão, para o segundo plano, da estrutura no seu significado original.

Acontece, em suma, na pesquisa estruturalista, um fenômeno análogo àquele que aconteceu na física contemporânea depois da introdução da noção de *quantum* de ação, pela qual não é mais possível conhecer ao mesmo tempo a posição de um corpúsculo (a "figura", como dizia Descartes com uma expressão correspondente ao grego σχῆμα) e a sua quantidade de movimento. Estrutura no sentido de ῥυθμός e estrutura no sentido de ἀριθμός são duas grandezas canonicamente conjugadas no sentido que essa expressão assume na física contemporânea, segundo a qual não é possível conhecer ambas ao mesmo tempo. Daí a necessidade de adotar (como já tinha acontecido na física quântica) métodos estatístico-matemáticos, que permitem conectar em uma representação unitária as duas grandezas conjugadas.

Mas ao menos onde a adoção de um método exclusivamente matemático é impossível, a pesquisa estruturalista permanece condenada a oscilar continuamente entre os dois polos semânticos contraditórios do termo "estrutura": a estrutura como *ritmo*, como o que faz que uma coisa seja aquela que é, e a estrutura como *número*, elemento e *quantum* mínimo. Assim, na medida em que nos interrogamos sobre a obra de arte, a ideia estética de forma é o último escolho que a crítica estruturalista — enquanto permanece dependente da

---

confusão era buscada, segundo Aristóteles, na particular natureza dos números, que não é nem sensível nem inteligível, mas é, de algum modo, assimilável a uma "matéria não sensível".

determinação estético-metafísica da obra de arte como matéria e forma e representa por isso a obra de arte ao mesmo tempo como objeto de uma αἴσθησις e como princípio original – pode eludir, mas não superar.

Se isso é exato, se ritmo e número são duas realidades opostas, a frase de Hölderlin não pode, então, apontar para a região em que se move a moderna crítica estruturalista. O ritmo não é estrutura no sentido de ἀριθμός, *quantum* mínimo, e de πρῶτον στοιχεῖον, elemento primordial, mas é, ao contrário, οὐσία, o princípio da presença que abre e mantém a obra de arte no seu espaço original. Como tal, este não é nem calculável nem racional, mas também não é irracional, no sentido puramente negativo que essa palavra recebe no pensamento comum. Ao contrário, precisamente enquanto o ritmo é o que faz com que a obra de arte seja aquilo que é, ele é também medida e *lógos* (*ratio*) no sentido grego de aquilo que concede a cada coisa a sua estação própria na presença. Somente porque atinge essa dimensão essencial, somente porque é medida nesse significado original, o ritmo pode abrir para a experiência humana uma região na qual ele se deixa perceber como ἀριθμός e *numerus*, medida calculável e exprimível em cifra. Somente porque ele se situa em uma dimensão em que está em jogo a essência da obra de arte, é possível a ambiguidade segundo a qual a própria obra se apresenta ao mesmo tempo como estrutura racional e necessária e como jogo puro e desinteressado, em um espaço no qual cálculo e jogo parecem se confundir.

Mas qual é, então, a essência do ritmo? Qual é o poder que concede à obra o seu espaço original? A palavra "ritmo" vem do grego ῥέω, "corro, fluo". O que corre e flui, corre e flui em uma dimensão temporal, corre no tempo. Segundo a representação comum, o tempo não é, de fato, nada além do puro fluir, o suceder-se incessante dos instantes ao longo de uma linha infinita. Já Aristóteles, pensando o tempo como ἀριθμός κινήσεως, número do movimento, e interpretando o instante como ponto (στίγμη), situa o tempo na região unidimensional de uma infinita sucessão numérica. E é essa dimensão do tempo que nos é familiar e que os nossos cronômetros medem com precisão cada vez maior – sirvam-se eles, para este fim, do movimento de rodas dentadas, como nos relógios comuns, ou do peso e das radiações da matéria, como nos cronômetros atômicos.

Não obstante, o ritmo – assim como nós o representamos comumente – parece introduzir nesse eterno fluxo uma dilaceração e uma parada. Assim, em uma obra musical, ainda que ela seja de algum modo no tempo, percebemos o ritmo como algo que se subtrai à fuga incessante dos instantes e aparece quase como a presença do atemporal no tempo. Assim, quando nos encontramos frente a uma obra de arte ou a uma paisagem imersa na luz da sua presença, observamos no tempo uma parada, como se fôssemos inesperadamente atirados em um tempo mais original. Há uma parada, quebra no fluxo incessante dos instantes que do porvir se perde no passado, e essa quebra e essa parada são precisamente o que dá e revela o estatuto particular, o modo da presença próprio da obra de arte ou da paisagem que temos diante dos olhos. Nós somos como que detidos, parados diante de algo, mas esse ser detido é também um ser-fora, uma *ek-stasis* em uma dimensão mais original.

Uma tal reserva – que doa e, ao mesmo tempo, esconde o seu dom – se diz em grego ἐποχή. O verbo ἐπέχω, do qual a palavra deriva, tem, de fato, um sentido duplo: ele significa tanto "detenho", "suspendo", quanto "estendo, apresento, ofereço". Se considerarmos o que dissemos há pouco sobre o ritmo, que desvela uma dimensão mais original do tempo e simultaneamente a oculta na fuga unidimensional dos instantes, talvez nós possamos traduzir – com violência apenas aparente – ἐποχή por ritmo, e dizer: ritmo é ἐποχή, dom e reserva. Mas o verbo ἐπέχω tem em grego também um terceiro significado, que reúne em si os outros dois: *sou*, no sentido de "estou presente, domino, mantenho". Assim, os gregos diziam ὁ ἄνεμος ἐπέχει, o vento *é*, isto é, está presente, domina.

É nesse terceiro sentido que devemos entender o verso de um poeta que floresceu na época em que o pensamento grego pronunciava a sua palavra original:

> γίγνωσκε δ᾽ οἷος ῥυθμὸς ἀνθρώπους ἔχει
> conhece qual Ritmo mantém os homens[9]

Ὁ ῥυθμὸς ἔχει: o ritmo mantém, isto é, doa e detém, ἐπέχει. O ritmo concede aos homens tanto a demora extática em uma dimensão mais original que a queda na fuga do tempo mensurável. Ele mantém *epocalmente* a essência do homem, isto é, lhe doa tanto o ser quanto o nada, tanto a instância no livre espaço da obra quanto o impulso para a sombra e a ruína. Ele é *êxtase* original que abre para o homem o espaço do seu mundo, somente a partir do qual ele pode fazer a experiência da liberdade e da alienação, da consciência histórica e do extravio no tempo, da verdade e do erro.

Talvez estejamos agora em condições de entender no seu sentido próprio a frase de Hölderlin sobre a obra de arte. Ela não aponta nem para uma interpretação da obra de arte como estrutura – isto é, ao mesmo tempo como *Gestalt* e número – nem para uma atenção exclusiva para a unidade estilística da obra e para o seu "ritmo" próprio, porque tanto a análise estrutural quanto a estilística permanecem no interior da concepção estética da obra de arte, ao mesmo tempo como objeto (cientificamente cognoscível) da αἴσθησις e como princípio formal, *opus* de um *operari*: ela aponta, ao contrário,

---

[9] Cf. ARCHILOCHUS. *Fragments*. Ed. François Lasserre. Paris: Les Belles Lettres, 1958. frag. 118, p. 39. (N.T.)

para uma determinação da estrutura original da obra de arte como ἐποχή e ritmo, e a situa, assim, em uma dimensão na qual está em jogo a estrutura mesma do ser-no-mundo do homem e da sua relação com a verdade e com a história. Abrindo para o homem a sua autêntica dimensão temporal, a obra de arte lhe abre também, de fato, o espaço do seu pertencimento ao mundo, no qual ele pode ganhar a medida original da sua própria demora sobre a terra e encontrar a própria verdade presente no fluxo irrefreável do tempo linear.

Nessa dimensão, o estatuto poético do homem sobre a terra encontra o seu sentido próprio. Somente porque na ἐποχή poética, ele faz a experiência do seu ser-no-mundo como sendo a sua condição essencial, um mundo se abre para a sua ação e a sua existência. Somente porque ele é capaz do poder mais inquietante, da pro-dução na presença, ele é capaz de práxis, de atividade livre e desejada. Somente porque alcança, no ato poiético, uma dimensão mais original do tempo, o homem é um ser histórico, para o qual está em jogo, a cada instante, o próprio passado e o próprio futuro.

O dom da arte é, portanto, o dom mais original, porque é o dom do próprio sítio original do homem. A obra de arte não é nem um "valor" cultural nem um objeto privilegiado para a αἴσθησις dos espectadores, e nem mesmo a absoluta potência criativa do princípio formal, mas se situa, ao contrário, em uma dimensão mais essencial, porque permite ao homem, a cada vez, ter acesso à sua estatura original na história e no tempo. Por isso, Aristóteles pode dizer no livro V da *Metafísica*: ἀρχαὶ λέγονται καὶ αἱ τέχναι, καὶ τούτων αἱ ἀρχιτεκτονικαὶ μάλιστα, "também as artes são consideradas origens, sobretudo as arquitetônicas"[10].

Que a arte seja arquitetônica, isso significa, segundo o étimo: a arte, a *poíesis*, é pro-dução (τίκτω) da origem (ἀρχή),

---

[10] ARISTÓTELES. *Metafísica*, 1013a.

a arte é o dom do espaço original do homem, *arquitetônica* por excelência. Como todo sistema mítico-tradicional conhece rituais e festas cuja celebração visa interromper a homogeneidade do tempo profano e, ritualizando o tempo mítico original, permitir ao homem se tornar de novo o contemporâneo dos deuses e atingir novamente a dimensão primordial da criação, assim, na obra de arte, se despedaça o *continuum* do tempo linear e o homem reencontra, entre passado e futuro, o próprio espaço presente.

Assim, olhar uma obra de arte significa: ser lançado para fora, em um tempo mais original, êxtase na abertura epocal do ritmo, que doa e mantém. Somente a partir dessa situação da relação do homem com a obra de arte é possível compreender como essa relação – se autêntica – é também, para o homem, o compromisso mais alto, isto é, o compromisso que o mantém na verdade e concede à sua demora sobre a terra o seu estatuto original. Na experiência da obra de arte, o homem está de pé na verdade, isto é, na origem que se lhe revelou no ato poiético. Nesse compromisso, nesse ser-lançado-fora na ἐποχή do ritmo, artistas e espectadores reencontram a sua solidariedade essencial e o seu terreno comum.

Que a obra de arte seja, no entanto, oferecida ao gozo estético, e seu aspecto formal seja avaliado e analisado, isso permanece ainda distante do ter acesso à estrutura essencial da obra, isto é, à origem que nela se doa e reserva. A estética é, portanto, incapaz de pensar a arte segundo o seu estatuto próprio e – até que ele permaneça prisioneiro de uma perspectiva estética – a essência da arte permanece fechada para o homem.

Essa estrutura original da obra de arte está hoje ofuscada. No ponto extremo do seu destino metafísico, a arte, tornada uma potência niilista, um "nada que se autonadifica", vaga no deserto da *terra aesthetica* e gira eternamente em torno da própria dilaceração. A sua alienação é a alienação fundamental, porque acena para a alienação do próprio espaço histórico original do homem. Aquilo que o homem corre o risco de perder com a obra de arte não é, de fato, simplesmente um bem cultural, por mais precioso que seja, nem mesmo a expressão privilegiada da sua energia criadora: mas é o espaço mesmo do seu mundo. Somente neste, ele pode se encontrar como homem e ser capaz de ação e de conhecimento.

Se isso é verdadeiro, o homem que perdeu o seu estatuto poético não pode simplesmente reconstruir em outro lugar a própria medida: "toda salvação que não venha de onde está o perigo, permanece ainda na não salvação"[11]. Se e quando a arte terá ainda a tarefa de dar a medida original da habitação do homem na terra não é, por isso, matéria sobre a qual se possam fazer previsões, nem podemos dizer se a *poíesis* reencontrará o seu estatuto próprio para além do interminável crepúsculo que envolve a *terra aesthetica*. A única coisa que podemos dizer é que ela não poderá simplesmente saltar para além da própria sombra para superar o seu destino.

---

[11] HEIDEGGER, Martin. *Wozu Dichter?*. In: *Holzwege* (1950), p. 273. [Tradução portuguesa: Para que poetas?. In: *Caminhos de floresta*. Coordenação científica da edição e tradução de Irene Borges-Duarte. Lisboa: Fundação Calouste Gulbenkian, 2002.] Ao leitor atento não terá certamente escapado quanto estas páginas sobre a dimensão do tempo devem ao pensamento de Heidegger, em particular à conferência *Zeit und Sein* (In: *L'endurance de la pensée*, Paris, 1968). [Ed. bras.: Tempo e Ser. In: *Conferências e escritos filosóficos*. Tradução, introduções e notas de Ernildo Stein. São Paulo: Abril Cultural, 1979. (Coleção Os Pensadores).]

CAPÍTULO DÉCIMO

O anjo melancólico

"As citações nas minhas obras são como assaltantes de tocaia na rua que atacam com as armas o passante e o aliviam das suas convicções"[1]. Walter Benjamin, o autor dessa afirmação, foi talvez o primeiro intelectual europeu a se dar conta de uma mudança fundamental que tinha ocorrido na transmissibilidade da cultura e da nova relação com o passado que era a sua inevitável consequência. O poder particular das citações não nasce, de fato, segundo Benjamin, da sua capacidade de transmitir e fazer reviver o passado, mas, ao contrário, da capacidade de "fazer tábula rasa, de expelir do contexto, de destruir"[2]. Extraindo à força um fragmento do passado do seu contexto histórico, a citação lhe faz perder, de imediato, o seu caráter de testemunho autêntico para investi-lo de um

---

[1] BENJAMIN, Walter. *Einbahnstraße*. In: *Gesammelte Schriften*. Ed. Rolf Tiedemann e Hermann Schweppenhäuser. vol. 4.1, ed. Tillman Rexroth. Frankfurt a.M.: Suhrkamp, 1972, p. 138. [Ed. bras.: *Rua de mão única*. In: *Obras escolhidas*. vol. II. Tradução de Rubens Rodrigues Torres Filho e José Carlos Martins Barbosa. São Paulo: Brasiliense, 2009.] (N.T.).

[2] Conferir, a esse propósito, as observações de ARENDT, Hannah. In: *Men in dark times*, New-York, [Harcourt, Brace and World,] 1968. p. 193.

potencial de estranhamento que constitui a sua inconfundível força agressiva[3]. Benjamin, que perseguiu por toda a vida o projeto de escrever uma obra composta exclusivamente de citações, tinha entendido que a autoridade que a citação invoca se funda precisamente na destruição da autoridade que a um certo texto é atribuída pela sua situação na história da cultura: a sua carga de verdade é função da unicidade da sua aparição, estranhada do seu contexto vivo, naquilo que Benjamin, em uma das *Teses sobre a filosofia da história*, define como "*une citation à l'ordre du jour*"[4] no dia do Juízo Final. Somente na imagem que comparece, uma vez por todas, no átimo do seu estranhamento, assim como uma recordação aparece imprevistamente por um instante de perigo, se deixa fixar o passado[5].

---

[3] É fácil notar que a função estranhadora das citações é o exato correspondente crítico do estranhamento efetuado pelo *ready-made* e pela *pop-art*. Também aqui um objeto, cujo sentido é garantido pela "autoridade" do seu uso cotidiano, perde de imediato a sua inteligibilidade tradicional para se carregar de um inquietante poder traumatógeno.

No seu artigo *O que é o teatro épico?* (2), Benjamin define como "interrupção" o procedimento característico da citação. "Citar um texto implica interromper o contexto do qual ele faz parte" [BENJAMIN, Walter. *Gesammelte Schriften*. Ed. Rolf Tiedemann e Hermann Schweppenhäuser. vol. 2.2. Frankfurt a.M.: Suhrkamp, 1972, p. 536. A citação se encontra na segunda versão deste texto. Há tradução brasileira apenas da primeira versão: BENJAMIN, Walter. *Que é o teatro épico? Um estudo sobre Brecht*. In: *Magia e técnica, arte e política*. Obras escolhidas. vol. 1. Tradução de Sérgio Paulo Rouanet. São Paulo: Brasiliense, 1994]; mas, através dessa interrupção, se efetiva o estranhamento que nos restitui o conhecimento da coisa.

[4] BENJAMIN, Walter. "Sobre o conceito da história". In: *Magia e técnica, arte e política. Obras escolhidas*. vol. 1. Tradução de Sérgio Paulo Rouanet. São Paulo: Brasiliense, 1994. Tese 3. p. 223. (N.T.)

[5] É curioso notar que Debord (*La société du spectacle*, Paris, 1967, cap. VIII), na sua busca de um "estilo da negação" como linguagem da subversão revolucionária, não se tenha dado conta do potencial destrutivo implícito na citação. Todavia, o uso do "*détournement*" e do plágio, que ele recomenda, desempenha no discurso o mesmo papel que Benjamin confiava à citação, na medida em que "no emprego positivo dos conceitos existentes, inclui ao mesmo tempo a inteligência da sua fluidez reencontrada e da sua destruição

Esse modo particular de entrar em relação com o passado constitui também o fundamento da atividade de uma figura pela qual Benjamin sentia uma instintiva afinidade: a do colecionador. Também o colecionador "cita" o objeto fora do seu contexto e, desse modo, destrói a ordem no seio da qual ele encontra o próprio valor e o próprio sentido. Trate-se de uma obra de arte ou de mercadoria comum qualquer que, com um gesto arbitrário, ele eleva a objeto da sua paixão, em todos os casos o colecionador assume para si a tarefa de transfigurar as coisas, privando-as de imediato tanto do seu valor de uso quanto do significado ético-social dos quais elas estavam investidas pela tradição.

Essa libertação das coisas "da escravidão de ser úteis" é realizada pelo colecionador em nome da sua autenticidade, isto é, a única coisa que legitima a sua inclusão na coleção: mas essa autenticidade pressupõe por sua vez o estranhamento através do qual aquela libertação pode acontecer, e o valor afetivo que o colecionador lhe dá pode substituir o valor de uso. Em outras palavras, a autenticidade do objeto mede o seu valor-estranhamento, e isso é, por sua vez, o único espaço no qual se sustenta a coleção[6].

Precisamente enquanto eleva à condição de valor o estranhamento do passado, a figura do colecionador é, de algum modo, aparentada àquela do revolucionário, para o qual a aparição do novo é possível apenas através da destruição do velho. E certamente não é um acaso se as grandes figuras de

---

necessária e, desse modo, exprime o domínio da crítica presente sobre todo o seu passado... Ele [o *détournement*] aparece na comunicação que sabe não poder pretender a nenhuma garantia... É a linguagem que nenhuma referência ao antigo pode confirmar" [DEBORD, Guy. *La société du spectacle*, Paris: Buchet/Chastel, 1967, p. 165-167. Ed. bras.: *A sociedade do espetáculo*. Tradução de Estela dos Santos Abreu. Rio de Janeiro: Contraponto, 1997].

[6] Que o valor-estranhamento volte, depois, a adquirir um valor econômico (e, portanto, um valor de troca) não significa outra coisa senão que o estranhamento cumpre na nossa sociedade um função economicamente apreciável.

colecionadores florescem precisamente nos períodos de ruína da tradição e de exaltação renovadora: em uma sociedade tradicional, nem a citação nem a coleção são, de fato, concebíveis, porque não é possível despedaçar em ponto algum as malhas da tradição através da qual se efetiva a transmissão do passado.

É curioso observar que Benjamin, ainda que tivesse percebido o fenômeno através do qual a autoridade e o valor tradicional da obra de arte começavam a vacilar, não se tenha dado conta de que "a decadência da aura", na qual ele sintetiza esse processo, não tinha de modo algum como consequência a "liberação do objeto do seu invólucro cultual" e o seu fundar-se, a partir daquele momento, na práxis política, mas, ao contrário, a reconstituição de uma nova "aura" — através da qual o objeto, recriando e exaltando, antes, ao máximo, em um outro plano, a sua autenticidade —, ganhava um novo valor, perfeitamente análogo àquele valor de estranhamento que já observamos a propósito da coleção. Longe de liberar o objeto da sua autenticidade, a sua reprodutibilidade técnica (na qual Benjamin identificava o principal agente corrosivo da autoridade tradicional da obra de arte) leva-a, ao contrário, ao extremo: ela é o momento em que, através da multiplicação do original, a autenticidade se torna a cifra mesma do inapreensível.

A obra de arte perde, portanto, a autoridade e as garantias que derivavam da sua inserção em uma tradição, para a qual ela construía os lugares e os objetos em que incessantemente se realizava o elo entre passado e presente; mas, longe de abandonar a sua autenticidade para se tornar reprodutível (realizando assim o voto de Hölderlin de que a poesia voltasse a ser algo que se pudesse calcular e ensinar), ela se torna, ao invés disso, o espaço em que se cumpre o mais inefável dos mistérios: a epifania da beleza estética.

O fenômeno é particularmente evidente em Baudelaire, que Benjamin considerava, no entanto, o poeta no qual a decadência da aura encontrava a sua expressão mais típica.

Baudelaire é o poeta que tem que enfrentar a dissolução da autoridade da tradição na nova civilização industrial e se encontra, por isso, na situação de ter que inventar uma nova autoridade: e ele cumpriu essa tarefa fazendo da própria intransmissibilidade da cultura um novo valor e colocando a experiência do *choc* no centro do próprio trabalho artístico. O *choc* é a força de colisão que as coisas adquirem quando perdem a sua transmissibilidade e a sua compreensibilidade no interior de uma dada ordem cultural. Baudelaire compreendeu que, se a arte queria sobreviver à ruina da tradição, o artista tinha que tentar reproduzir na sua obra aquela mesma destruição da transmissibilidade que estava na origem da experiência do *choc*: desse modo ele conseguiria fazer da obra o veículo mesmo do intransmissível. Através da teorização do belo como epifania instantânea e inapreensível (*un éclair... puis la nuit!*), Baudelaire fez da beleza estética a cifra da impossibilidade da transmissão. Estamos, assim, em condições de precisar em que consiste o valor-estranhamento que vimos estar na base tanto da citação quanto da atividade do colecionador e cuja produção se tornou a tarefa específica do artista moderno: nada além da destruição da transmissibilidade da cultura.

A reprodução do dissolver-se da transmissibilidade na experiência do *choc* se torna, portanto, a última fonte possível de sentido e de valor para as coisas mesmas, e a arte, o último liame que ainda une o homem ao seu passado. A sobrevivência deste no átimo imponderável em que se realiza a epifania estética é, em última análise, o estranhamento efetuado pela obra de arte e esse estranhamento não é, por sua vez, senão a medida da destruição da sua transmissibilidade, isto é, da tradição.

★★★

Em um sistema tradicional, a cultura existe somente no ato da sua transmissão, isto é, no ato vivo da sua tradição. Entre passado e presente, entre velho e novo não há solução de continuidade, porque todo objeto transmite em cada instante sem resíduo o sistema de crenças e de noções que nele encontrou expressão. Antes, para ser mais preciso, em um sistema desse tipo não se pode falar de uma cultura independentemente da sua transmissão, porque não existe um patrimônio cumulativo de ideias e de preceitos que constitui o objeto separado da transmissão e cuja realidade é em si mesma um valor. Em um sistema mítico-tradicional, entre ato de transmissão e coisa a ser transmitida existe, ao contrário, uma identidade absoluta, no sentido de que não há outro valor, nem ético, nem religioso, nem estético fora do ato mesmo da transmissão.

Uma inadequação, um intervalo entre ato da transmissão e coisa a transmitir e uma valorização dessa última independentemente da sua transmissão aparecem somente quando a tradição perde a sua força vital e constituem o fundamento de um fenômeno característico das sociedades não tradicionais: a acumulação da cultura.

Contrariamente ao que pode parecer à primeira vista, a ruptura da tradição não significa de fato e de modo algum, a perda ou a desvalorização do passado: é, antes, bem provável que apenas então o passado se revele enquanto tal com um peso e uma influência antes desconhecida. Perda da tradição significa, no entanto, que o passado perdeu a sua transmissibilidade e, até que não se tenha encontrado um novo modo de entrar em relação com ele, o passado pode, doravante, ser apenas objeto de acumulação. Nessa situação, o homem conserva integralmente a própria herança cultural, e o valor desta, aliás, se multiplica vertiginosamente: ele perde, porém, a possibilidade de extrair dela o critério da sua ação e da sua salvação e, com isso, o único lugar concreto em que, se interrogando sobre as suas próprias origens e sobre o próprio destino, lhe é dado fundar o presente como relação entre passado e futuro. É, de fato, a sua transmissibilidade que, atribuindo à cultura um sentido e um valor imediatamente perceptíveis, permite ao homem se mover livremente para o futuro, sem ser tolhido pelo peso do próprio passado. Mas, quando uma cultura perde os próprios meios de transmissão, o homem se encontra privado de pontos de referência e acuado entre um passado que se acumula incessantemente às suas costas e o oprime com a multiplicidade dos seus conteúdos tornados indecifráveis e um futuro que ele não possui ainda e não lhe fornece nenhuma luz na sua luta com o passado. A ruptura da tradição, que é para nós hoje um fato acabado, abre, de fato, uma época na qual, entre velho e novo, não há mais nenhum liame possível, a não ser a infinita acumulação do velho em um tipo de arquivo monstruoso ou o estranhamento operado pelo meio mesmo que deveria servir à sua transmissão. Assim como o castelo do romance de Kafka, que pesa sobre o vilarejo com a obscuridade dos seus decretos e a multiplicidade dos seus escritórios, a cultura acumulada perdeu o seu significado vivo e avança sobre o homem como uma ameaça na qual ele não pode de modo algum se reconhecer. Suspenso no vazio entre velho e novo, passado e futuro, o homem é lançado no tempo como em algo de estranho, que incessantemente lhe escapa e todavia o arrasta para frente sem que ele possa jamais encontrar nele o próprio ponto de consistência.

★★★

Em uma das *Teses sobre a filosofia da história*, Benjamin descreveu em uma imagem particularmente feliz essa situação do homem que perdeu a ligação com o próprio passado e não consegue mais reencontrar a si mesmo na história. "Há um quadro de Klee", escreve Benjamin, "que se intitula *Angelus Novus*. Nele se encontra um anjo que parece se distanciar de alguma coisa sobre a qual fixa o olhar. Ele tem os olhos arregalados, a boca aberta, as asas estendidas. O anjo da história tem que ter esse aspecto. Ele tem o rosto voltado para o passado. Onde aparece para nós uma cadeia de eventos, ele vê uma só catástrofe, que acumula sem trégua ruína sobre ruína e as lança aos seus pés. Ele bem que gostaria de se deter, despertar os mortos e recompor o despedaçado. Mas uma tempestade sopra do paraíso e se prendeu nas suas asas, e é tão forte que ele não pode fechá-las. Essa tempestade o impele irresistivelmente para o futuro, ao qual ele volta as costas, enquanto o acúmulo de ruínas sobe diante dele até o céu. Essa tempestade é o que chamamos de progresso"[7].

Há uma célebre gravura de Dürer que apresenta alguma analogia com a interpretação que Benjamin dá do quadro de Klee. Ela representa uma criatura alada sentada, no ato de meditar, olhando absorto para frente. Ao lado dela, jazem abandonados no chão os utensílios da vida ativa: uma mó, uma plaina, pregos, um martelo, um esquadro, um alicate e uma serra. O belo rosto do anjo está imerso na sombra: somente as suas longas vestes e uma esfera imóvel diante dos seus pés refletem a luz. Às suas costas, distinguimos uma ampulheta cuja areia está escorrendo, um sino, uma balança e um quadrado mágico e, no mar que aparece no fundo, um cometa que brilha sem esplendor. Sobre toda a cena se difunde uma atmosfera crepuscular, que parece extrair de cada particularidade a sua materialidade.

Se o *Angelus Novus,* de Klee, é o anjo da história, nada melhor do que a melancólica criatura alada dessa gravura de Dürer poderia representar o anjo da arte. Enquanto o anjo da história tem o olhar voltado para o passado, mas não pode se deter na sua incessante fuga para trás em direção ao futuro, o anjo melancólico da gravura de Dürer olha imóvel para frente. A tempestade do progresso que se prendeu nas asas do anjo da história aqui se acalmou e o anjo da arte parece imerso em uma dimensão atemporal, como se algo, interrompendo o *continuum* da história, tivesse fixado a realidade circundante em

---

[7] Tese 9. Cf. Ed. bras.: BENJAMIN, Walter. "Sobre o conceito da História". In: *Magia e técnica, arte e política: ensaios sobre literatura e história da cultura.* Obras escolhidas. v. 1. Tradução de Sérgio Paulo Rouanet. São Paulo: Brasiliense, 1994. p. 226. (N. T.)

um tipo de suspensão messiânica. Mas, assim como os eventos do passado aparecem para o anjo da história como um acúmulo de indecifráveis ruínas, os utensílios da vida ativa e os outros objetos que estão espalhados em torno do anjo melancólico perderam o significado com o qual os investia a sua utilidade cotidiana e ganharam um potencial de estranhamento que faz deles a cifra de algo inapreensível. O passado, que o anjo da história perdeu a capacidade de entender, reconstitui a sua figura diante do anjo da arte; mas essa figura é a imagem estranhada na qual o passado reencontra a sua verdade apenas sob a condição de negá-la e o conhecimento do novo é possível apenas na não verdade do velho. A redenção que o anjo da arte oferece ao passado, convocando-o a comparecer fora do seu contexto real no último dia do Juízo estético, não é, portanto, nada além da sua morte (ou melhor, a sua impossibilidade de morrer) no museu da esteticidade. E a melancolia do anjo é a consciência de ter feito do estranhamento o próprio mundo e a nostalgia de uma realidade que ele não pode possuir de outro modo a não ser tornando-a irreal[8].

A estética cumpre, portanto, de algum modo, a mesma tarefa que a tradição cumpria antes da sua ruptura: amarrando

---

[8] Para uma interpretação, de um ponto de vista iconográfico, da gravura de Dürer, cf. [Erwin] Panofski- [Fritz] Saxl, *Dürers Kupferstich "Melanconia I"*. [Leipzig: B. G. Teubner,] (1923), e as observações de Benjamin em *Ursprung des deutschen Trauerspiel* (1963), p. 161-71 [Ed. bras.: BENJAMIN, Walter. *A origem do drama trágico alemão*. Tradução de João Barreto. Belo Horizonte: Autêntica, 2011]. A interpretação que aqui se apresenta não exclui uma interpretação puramente iconográfica, mas se limita a colocá-la em uma perspectiva histórica. Além do mais, o *typus acediae* do qual deriva a imagem düreriana está estreitamente ligado, segundo a teologia cristã, a um desespero em relação ao *status viatoris* do homem, isto é, a uma perda não da realização, mas do "caminho" para a realização. Imergindo a descrição medieval da *acedia* em uma experiência histórico-temporal concreta, Dürer fez dela a imagem da condição do homem que, tendo perdido a tradição e a experiência do tempo a ela inerente, não consegue mais encontrar entre passado e futuro o próprio espaço presente e se perde no tempo linear da história.

de novo o fio rompido na trama do passado, ela resolve aquele conflito entre velho e novo sem a reconciliação dos quais o homem – esse ser que se perdeu no tempo e que nele tem que se reencontrar, e para o qual está em jogo, por isso, a cada instante, o próprio passado e o próprio futuro – é incapaz de viver. Através da destruição da sua transmissibilidade, ela recupera negativamente o passado, fazendo da intransmissibilidade um valor em si na imagem da beleza estética e abrindo, assim, para o homem um espaço entre passado e futuro no qual ele pode fundar a sua ação e o seu conhecimento.

Esse espaço é o espaço estético: mas o que nele é transmitido é precisamente a impossibilidade da transmissão, e a sua verdade é a negação da verdade dos seus conteúdos. Uma cultura que perdeu, com a sua transmissibilidade, a única garantia da própria verdade e se encontra ameaçada pela incessante acumulação do próprio não sentido, confia agora à arte a própria garantia: e a arte se encontra, assim, na necessidade de garantir o que não pode ser garantido senão perdendo, ela mesma, por sua vez, as próprias garantias. A humilde atividade do τεχνίτης, que, abrindo ao homem o espaço da obra, construía os lugares e os objetos nos quais a tradição realizava o próprio e incessante elo entre passado e futuro, cede agora o posto à atividade criadora do gênio sobre o qual pesa o imperativo de produzir a beleza. Nesse sentido se pode dizer que o *Kitsch*, que considera a beleza como meta imediata da obra de arte, é o produto específico da estética, assim como, por outro lado, o espectro da beleza que o *Kitsch* evoca na obra de arte não é senão a destruição da transmissibilidade da cultura em que a estética encontra o seu fundamento.

Se isso é verdadeiro, se a obra de arte é o lugar em que o velho e o novo devem resolver o seu conflito no espaço presente da verdade, o problema da obra de arte e do seu destino no nosso tempo não é, então, simplesmente um problema entre outros que atormentam a nossa cultura – e isso não porque a arte ocupe um posto elevado na hierarquia (aliás, em vias de desagregar-se) dos valores culturais, mas porque o que está aqui em jogo é a sobrevivência mesma da cultura, dilacerada por um conflito entre passado e presente que, na forma do estranhamento estético, encontrou a sua extrema e precária reconciliação na nossa sociedade. Somente a obra de arte assegura uma fantasmagórica sobrevivência à cultura acumulada, assim como apenas a incansável ação desmistificadora do agrimensor Kafka assegura ao castelo do conde West-West a única aparência de realidade à qual este possa pretender. Mas o castelo da cultura é doravante um museu, em que, por um lado, o patrimônio do passado, no qual o homem não pode mais de modo algum se reconhecer, é acumulado para ser oferecido ao gozo estético dos membros da coletividade e, por outro, esse gozo é possível somente através do estranhamento que o priva do seu sentido imediato e da sua capacidade poiética de abrir o seu espaço à ação e ao conhecimento do homem.

Assim, a estética não é simplesmente a dimensão privilegiada que o progresso da sensibilidade do homem ocidental reservou à obra de arte como o seu lugar mais próprio: ela é, na verdade, o destino mesmo da arte na época em que, tendo se despedaçado a tradição, o homem não consegue mais encontrar entre passado e futuro o espaço do presente e se perde no tempo linear da história. O anjo da história, cujas asas se prenderam na tempestade do progresso, e o anjo da estética, que fixa em uma dimensão atemporal a ruína do passado, são inseparáveis. E, enquanto o homem não tiver encontrado um outro modo de resolver individual e coletivamente o conflito entre velho e novo, apropriando-se, assim, da própria historicidade, uma superação da estética que não se limite a levar ao extremo a sua dilaceração parece pouco provável.

★★★

Há uma nota dos cadernos de Kafka em que essa impossibilidade de o homem reencontrar o próprio espaço na tensão entre história passada e história futura é expressa com particular precisão na imagem de "um grupo de viajantes ferroviários que sofreram um acidente em um túnel, em um ponto de onde não se vê mais a luz da entrada e, quanto à da saída, esta parece tão minúscula que o olhar tem que procurá-la continuamente e continuamente perdê-la e, ao mesmo tempo, não se está nem mesmo seguro de que se trate do princípio ou do fim do túnel"[9].

Já no tempo da tragédia grega, quando o sistema mítico tradicional tinha começado a declinar sob o impulso do novo mundo moral que estava nascendo, a arte tinha assumido a tarefa de conciliar o conflito entre velho e novo e tinha respondido a essa tarefa com a figura do culpado-inocente, do herói trágico que expressa em toda a sua grandeza e em toda a sua miséria o sentido precário da ação humana no intervalo histórico entre o que não é mais e o que não é ainda.

Kafka é o autor que, no nosso tempo, tomou para si com maior coerência essa tarefa. Colocado diante da impossibilidade de o homem se apropriar dos próprios pressupostos históricos, ele tentou fazer dessa impossibilidade o solo mesmo sobre o qual o homem pudesse se reencontrar. Para realizar esse projeto, Kafka inverteu a imagem benjaminiana do anjo da história: em realidade o anjo já chegou ao Paraíso, aliás, ele se encontrava lá desde o princípio, e a tempestade e sua consequente fuga ao longo do tempo linear do progresso não são senão uma ilusão que ele se cria na tentativa de falsificar o próprio conhecimento e de transformar aquela que é a sua condição perene em um fim ainda a ser alcançado.

É nesse sentido que deve ser entendido o pensamento, aparentemente paradoxal, expresso em duas das *Considerações*

---

[9] Cf. os *Cadernos Azuis do livro em formato de oitava*. Não consta tradução desta obra de Kafka para o português. (N. T.)

sobre o pecado, a dor, a esperança e o verdadeiro caminho[10]: "Há um ponto de chegada, mas nenhum caminho; o que chamamos de caminho não é senão a nossa hesitação". E: "É somente a nossa concepção do tempo que nos faz chamar o Juízo Universal com o nome de último juízo: em realidade, trata-se de um estado de sítio (*Standrecht*)".

O homem se encontra já sempre no dia do Juízo, o dia do Juízo é a sua condição histórica normal, e somente o temor de enfrentá-la o impele a ter a ilusão de que ele esteja ainda por vir. Kafka substitui, portanto, a ideia da história desenrolando-se ao infinito ao longo de um tempo linear vazio (que é aquela que constrange o *Angelus Novus* à sua corrida irrefreável), pela imagem paradoxal de um *estado da história* no qual o evento fundamental da evolução humana está perpetuamente em curso e o *continuum* do tempo linear se despedaça sem, todavia, abrir uma passagem para além de si mesmo[11]. A meta é inacessível não porque está distante no futuro, mas porque está presente aqui diante de nós: mas essa

---

[10] Cf. KAFKA, Franz. *Considerações sobre o pecado, o sofrimento, a esperança e o verdadeiro caminho*. Tradução de Cristina Terra da Motta. Lisboa: Hiena, 1992. (N.T.)

[11] A análise mais penetrante das relações de Kafka com a história está contida no ensaio de Beda Alemann "Kafka et l'histoire" (em [René Char et al.], *L'endurance de la pensée*[: *pour saluer Jean Beaufret*], Paris, [Plon,]1968), em que se encontra também a interpretação do conceito kafkiano de *Standrecht* como "estado da história". Da imagem kafkiana de um estado da história se pode, em parte, aproximar a ideia de Benjamin de um *Tempo-agora* (*Jetztzeit*) entendido como interrupção do acontecer, assim como a exigência, que se encontra expressa em uma das *Teses sobre a filosofia da História*, segundo a qual deveríamos chegar a um conceito da história correspondente ao fato de que o estado de emergência é, na realidade, a regra.

Mais de que de um *estado* histórico, poderíamos talvez falar mais propriamente de um *êxtase* histórico. O homem é, de fato, incapaz de se apropriar da sua condição histórica e está, por isso, em um certo sentido, sempre "fora de si" na história.

sua presença é constitutiva da historicidade do homem, do seu perene demorar-se ao longo de uma trilha inexistente e da sua incapacidade de se apropriar da própria situação histórica. Por isso, Kafka pode dizer que os movimentos revolucionários que declaram nulo tudo o que aconteceu antes têm razão, porque, em realidade, nada ainda aconteceu. A condição do homem que se perdeu na história acaba, assim, por se assemelhar àquela dos chineses do sul no caso narrado na *Construção da muralha chinesa*, os quais "sofrem de uma debilidade da faculdade de imaginação e de fé e não conseguem por isso tirar o império da sua decadência pequinesa e estreitá-lo vivo e presente no seu coração de súditos que não tem outro sonho a não ser sentir somente uma vez esse contato e depois morrer" e para os quais, todavia, "essa debilidade parece ser um dos mais importantes motivos de união, aliás, se pudermos usar uma expressão tão ousada, o solo mesmo sobre o qual vivemos"[12].

Frente a essa situação paradoxal, interrogar-se sobre a tarefa da arte equivale a se perguntar qual poderia ser a sua tarefa no dia do Juízo Universal, isto é, em uma condição (que é para Kafka o próprio estado histórico do homem) em que o anjo da história se detve e, no intervalo entre passado e futuro, o homem se encontra diante da própria responsabilidade. Kafka responde a essa questão perguntando-se se a arte poderia se tornar transmissão do ato de transmissão, se este poderia, portanto, tomar como seu conteúdo a tarefa mesma da transmissão, independentemente da coisa a ser transmitida. Como Benjamin tinha compreendido, o gênio de Kafka frente à situação histórica sem precedente da qual ele tinha tomado consciência, foi que ele "sacrificou a verdade

---

[12] Cf. "Durante a construção da muralha da China". In: KAFKA, Franz. *Narrativas do espólio*. Tradução de Modesto Carone. São Paulo: Companhia das Letras, 2002. p. 90-91. (N.T.)

por amor à transmissibilidade"[13]. A partir do momento em que a meta já é presente e não há, por isso, nenhum caminho que possa conduzir a ela, somente a obstinação, permanentemente em atraso, de um mensageiro cuja mensagem é a tarefa mesma da transmissão pode restituir, ao homem que perdeu a capacidade de se apropriar de seu estado histórico, o espaço concreto da sua ação e do seu conhecimento.

Desse modo, tendo chegado ao limite do seu itinerário estético, a arte abole a separação entre coisa a ser transmitida e ato da transmissão e volta a se avizinhar do sistema mítico-tradicional, no qual existia entre os dois termos uma perfeita identidade. Mas, mesmo transcendendo, nesse "assalto ao último limite"[14], a dimensão estética e eludindo, com a construção de um sistema moral totalmente abstrato – cujo conteúdo é a tarefa mesma da transmissão –, o destino que a consagrava ao *Kitsch*, a arte pode, sim, avançar até o limiar do mito, mas não pode ultrapassá-lo. Se o homem pudesse se apropriar da própria condição histórica e, rompendo a ilusão da tempestade que permanentemente o dirige ao longo do trilho infinito do tempo linear, sair da sua situação paradoxal, ele teria acesso, no mesmo instante, ao conhecimento total capaz de dar vida a uma nova cosmogonia e de transformar a história em mito. Mas a arte, sozinha, não pode fazê-lo, porque foi precisamente para resolver o conflito histórico entre passado e futuro que ela se emancipou do mito para se ligar à história.

Transformando em procedimento poético o princípio do atraso do homem frente à verdade e renunciando às

---

[13] BENJAMIN, Walter. *Briefe*, II, p. 763. [Carta a Gerhard Scholem, 12 de junho de 1938. In*: Briefe*. Ed. Gerhard Scholem e Theodor Adorno. vol. 2. Frankfurt a.M.: Suhrkamp, 1966, p. 763. Ed. bras.: BENJAMIN, Walter; SCHOLEM, Gerschom. *Correspondência*. Tradução de Neusa Soliz. São Paulo: Perspectiva, 1993, p. 297-305.]

[14] KAFKA. *Diari*, 16 de janeiro de 1922. [KAFKA, Franz. *Tagebücher* 1910-1923. Ed. Max Brod. Frankfurt a.M.: Fischer, 1973, p. 345.]

garantias do verdadeiro por amor à transmissibilidade, a arte consegue, assim, mais uma vez, fazer da incapacidade do homem de sair do seu estado histórico permanentemente suspenso no intermundo entre velho e novo, passado e futuro, o espaço mesmo no qual ele pode ganhar a medida original da própria demora no presente e reencontrar a cada vez o sentido da sua ação.

Segundo o princípio para o qual é apenas na casa em chamas que se torna visível pela primeira vez o problema arquitetônico fundamental, do mesmo modo, a arte, tendo chegado ao ponto extremo do seu destino, torna visível o seu próprio projeto original.

Posfácio
Da estética ao terrorismo:
Agamben, entre Nietzsche e Heidegger

Cláudio Oliveira

Há, em *O homem sem conteúdo*, primeiro livro de Giorgio Agamben, algo que poderíamos chamar de um ponto de partida explícito e um ponto de partida implícito. O ponto de partida explícito é uma citação da terceira dissertação da *Genealogia da moral*, de Nietzsche, em que este faz uma crítica radical da definição kantiana do belo como prazer desinteressado. Mas, sem se deter especificamente na questão de saber se a definição de Kant foi ou não um erro capital, Nietzsche, na passagem, aponta antes para o fato (a ser valorizado sumamente por Agamben durante todo o seu livro) de que Kant, "em vez de considerar o problema estético fundando-se na experiência do artista (do criador)", teria meditado "sobre a arte e o belo apenas como *espectador*". Kant teria, assim, insensivelmente introduzido "o espectador no conceito de *beleza*" (*apud* AGAMBEN, 2012, p. 17 [NIETZSCHE, 1998, p. 93])[1].

---

[1] Cito aqui a tradução que Agamben dá das passagens das obras de Nietzsche citadas em *O homem sem conteúdo*. Para a tradução brasileira da obra citada, cf. NIETZSCHE, Friedrich. *Genealogia da moral: um polêmica*. Tradução, notas e posfácio de Paulo César de Souza. São Paulo: Companhia das Letras, 1998.

O que é surpreendente, num primeiro momento, para os leitores de *O homem sem conteúdo* é que imediatamente após a citação de Nietzsche, Agamben afirme: "A experiência da arte que, nessas palavras, vem à linguagem não é de modo algum, para Nietzsche, uma *estética*" (AGAMBEN, 2012, p. 18). A surpresa se deve ao fato de que, na passagem citada, não há propriamente, em Nietzsche, uma crítica à estética, mas uma crítica ao fato de que "Kant, como todos os filósofos, em vez de considerar o problema estético fundando-se na experiência do artista (do criador), meditou sobre a arte e o belo apenas como espectador e, insensivelmente, introduziu o espectador no conceito de *beleza*" (*apud* AGAMBEN, 2012, p. 17). O problema para Nietzsche, na passagem em questão, não parece ser a "estética" ou o "estado estético", mas "aquilo que, segundo Kant, dá a particularidade do estado estético: *le désintéressement*" (*apud* AGAMBEN, 2012, p. 18 [NIETZSCHE, 1998, p. 94]).

Nossa surpresa diante da interpretação agambeniana da passagem de Nietzsche só diminui à medida que compreendemos que, para além do ponto de partida explícito de *O homem sem conteúdo*, há também, neste livro, aquilo que poderíamos chamar de um ponto de partida implícito: o pensamento de Heidegger sobre a arte e sua ideia de uma destruição da estética como única possibilidade de superação do paradigma metafísico de compreensão da arte.

Um ponto de partida nem tão implícito assim, uma vez que textos fundamentais de Heidegger sobre a obra de arte são citados ao longo do livro em algumas ocasiões, mesmo que não haja com eles, da parte de Agamben, uma discussão propriamente dita. Talvez porque todo o livro de Agamben seja, de algum modo, uma discussão com esses textos. É como se a obra de Heidegger e seu pensamento sobre a arte funcionassem, para o filósofo italiano, como um pressuposto implícito, não necessariamente explicitável:

como um condutor invisível em meio à travessia que o livro propõe.

O ensaio de Heidegger mais importante sobre o tema, *A origem da obra de arte*, é citado no livro, como não poderia deixar de ser, mas somente em duas breves ocasiões: já no segundo capítulo do livro, mas apenas como uma referência à questão do sentido "alegórico" das obras de arte, ou seja, à ideia grega de que "a obra de arte ἄλλοἀγορεύει, comunica outra coisa, é outra em relação à matéria que a contém" (*apud* AGAMBEN, 2012, p. 30 [cf. HEIDEGGER, 2002, p. 11]); e no sexto capítulo, como uma referência à relação entre filosofia e arte, descritas, segundo a famosa imagem heideggeriana, como aquelas que "moram vizinhas nas montanhas mais separadas" (AGAMBEN, 2012, p. 94). A passagem citada nessa ocasião é sem dúvida de maior peso que a anterior, mas aparece a reboque de uma discussão que se desenvolve, na verdade, com a *Estética* de Hegel e com sua ideia de morte da arte, e não propriamente com o ensaio de Heidegger. Segundo Agamben, Heidegger teria partido das lições hegelianas para voltar a se perguntar "se a arte é ainda ou não é mais o modo necessário e essencial do advento da verdade que decide do nosso ser-aí histórico" (AGAMBEN, 2012, p. 94-95). Esse talvez seja o momento em que o pressuposto heideggeriano implícito de Agamben se torne mais explícito. Em última instância, poderíamos dizer que o que norteia, de algum modo (embora não totalmente), *O homem sem conteúdo* é a ideia heideggeriana de a arte poder ser de novo o modo mais necessário e essencial do advento da verdade que decide nosso ser-aí historial. Creio que é essa ideia que Agamben tem em mente nas palavras que se encontram quase ao fim do primeiro capítulo do livro, quando afirma:

> Talvez nada seja mais urgente – se quisermos colocar de verdade o problema da arte no nosso tempo – que uma

destruição da estética que, desobstruindo o campo da evidência habitual, permita colocar em questão o sentido mesmo da estética enquanto ciência da obra de arte. O problema, porém, é se o tempo é maduro para uma semelhante *destruição*, e se ela não teria, ao contrário, como consequência simplesmente a perda de todo horizonte possível para a compreensão da obra de arte e o abrir-se, frente a esta, de um abismo que somente um salto radical poderia permitir superar. Mas talvez seja exatamente de uma tal perda e de um tal abismo que nós tenhamos necessidade, se quisermos que a obra de arte recupere a sua estatura original. E, se é verdade que é somente na casa em chamas que se torna visível pela primeira vez o problema arquitetônico fundamental, nós estamos talvez hoje em uma posição privilegiada para compreender o sentido autêntico do projeto estético ocidental (AGAMBEN, 2012, p. 25-26).

São passagens como essa, presentes em vários momentos de *O homem sem conteúdo*, que me fazem crer que a obra de Heidegger, embora pouco citada, seja aquilo que explique o fato de Agamben entender que a experiência da arte que vem à linguagem nas palavras de Nietzsche, em *Genealogia da moral*, não é, de modo algum, uma estética. Poderíamos dizer, se quiséssemos simplificar, que, na verdade, a leitura agambeniana de Nietzsche está completamente determinada não só pela própria compreensão heideggeriana do problema da arte, mas também pela própria leitura heideggeriana de Nietzsche. E teríamos como argumentos para fundamentar tal interpretação o fato de serem citados em *O homem sem conteúdo*, além de *A origem da obra de arte*, sobretudo textos de Heidegger que tratam de Nietzsche. Ao final do oitavo capítulo do livro, após concluir sua interpretação da famosa sentença de Nietzsche presente no prefácio de *O nascimento da tragédia* ("A arte é a mais alta tarefa do homem, a verdadeira atividade metafísica"). Agamben afirma, em nota de rodapé: "A leitura de Nietzsche contida neste capítulo não teria sido possível sem os fundamentais estudos de Heidegger sobre o pensamento nietzschiano, em particular: *Nietzsches Wort "Gott ist tot", in Holzwege* (1950) e *Nietzsche* (1961)" (AGAMBEN, 2012, p. 151).

Na verdade, uma teia mais complexa se tece aqui. E é ela que dá a particularidade do pensamento de Agamben. Não se trata tanto de um Nietzsche interpretado a partir de Heidegger (pelo menos não totalmente). Pois, se é verdade que, na passagem que abre o livro, a sentença de Nietzsche é interpretada a partir da ideia heideggeriana da destruição da estética, tal ideia, sem deixar de ser atuante em todo o livro, terá de se confundir com a ideia, esta propriamente nietzschiana, de uma destruição da estética do espectador, que, por sua vez, não existe em Heidegger.

Creio que o texto fundamental para que possamos nos dar conta dessa sutil mas importante diferença seja o primeiro volume de *Nietzsche*, de Heidegger, em especial a primeira parte, intitulada "Vontade de poder como arte", e, de modo ainda mais preciso, os trechos aí incluídos e intitulados: "Cinco sentenças sobre a arte", "Seis fatos fundamentais a partir da história da estética" e "A doutrina kantiana do belo. Sua interpretação equivocada por meio de Schopenhauer e de Nietzsche".

Inúmeros aspectos desses textos mereceriam aqui comentário, mas vou me deter em dois pontos que considero fundamentais para mostrar que, apesar do papel fundamental que a própria ideia de arte defendida por Heidegger tem em *O homem sem conteúdo*, com sua noção de destruição da estética, e do próprio papel que a interpretação heideggeriana de Nietzsche assume para Agamben em seu livro, este não se reduz a essa orientação heideggeriana.

Em primeiro lugar, Heidegger e Agamben discordam quanto ao ponto fundamental de saber se o pensamento de Nietzsche sobre a arte é ou não uma estética. Ao contrário de Agamben, Heidegger afirma peremptoriamente, em *Nietzsche I*, que o pensamento de Nietzsche sobre a arte é uma estética.

No trecho intitulado "Cinco sentenças sobre a arte", por exemplo, ele diz: "Filosofia da arte – isso também significa para Nietzsche: estética" (HEIDEGGER, 2007, p. 65). Heidegger parte, para tecer suas considerações, do aforismo 811 de *A vontade de poder*, em que Nietzsche afirma:

> Nossa estética foi até aqui uma estética feminina, na medida em que somente as naturezas receptivas em relação à arte formularam suas experiências quanto a "o que é belo?". Em toda a filosofia até aqui faltou o artista... (*apud* HEIDEGGER, 2007, p. 65 [NIETZSCHE, 2008, p. 406]).

Como observa Heidegger, não se trata, para Nietzsche, nessa passagem, de destruir a estética, mas de substituir uma estética feminina por uma estética masculina, uma estética do espectador por uma estética do artista, mesmo que Nietzsche, no aforismo 796, fale do artista como "apenas um estágio prévio", e do mundo como "uma obra de arte que gera a si mesma..." (*apud* HEIDEGGER, 2007, p. 65 [NIETZSCHE, 2008, p. 397]).

Heidegger tem, nesse sentido, razão em afirmar, no trecho seguinte, intitulado "Seis fatos fundamentais a partir da história da estética", que

> [...] a meditação nietzschiana sobre a arte movimenta-se na via tradicional. Essa via é determinada em seu caráter peculiar pelo nome "estética". Com efeito, Nietzsche fala contra a estética feminina. No entanto, ele fala ao mesmo tempo a favor da estética masculina e, com isso, a favor da estética por fim. Por meio daí, o questionamento nietzschiano transforma-se em estética impelida ao seu extremo, estética que acaba como que por se voltar contra si mesma. Ora, mas que outra coisa além de "estética" poderia ser a pergunta sobre a arte? O que significa, afinal, "estética"? (HEIDEGGER, 2007, p. 71).

Como Heidegger, e ao contrário de Nietzsche, Agamben também pretende uma pergunta pela arte que não seja mais "estética". Isso está claro já no primeiro comentário que faz à citação da passagem de *Genealogia da moral* na abertura de *O homem sem conteúdo*. Mas no que diz respeito à pergunta "o que é estética?", a resposta de Heidegger difere, parcialmente, daquela dada por Agamben, e isso precisamente porque este leva em consideração a resposta de Nietzsche. Ao afirmar que a experiência da arte que vem à linguagem nas palavras de Nietzsche em *Genealogia da moral* não é de modo algum uma estética, Agamben entende que se trata, nas palavras de Nietzsche, de "purificar o conceito de 'beleza' da αἴσθησις, da sensibilidade do espectador, para considerar a arte do ponto de vista do seu criador" (AGAMBEN, 2012, p. 18). A dimensão da esteticidade, para Agamben, consiste, portanto, na "apreensão sensível do objeto belo pelo espectador" (AGAMBEN, 2012, p. 18). O problema para Agamben, como para Nietzsche, não é a αἴσθησις, mas a αἴσθησις do espectador. Ao contrário, para Heidegger, o que define a estética não é a consideração da arte a partir do espectador, mas a partir da αἴσθησις, seja ela levada em consideração a partir do espectador, seja a partir do criador. E, nesse sentido preciso, mesmo que o título "estética" seja recente, para Heidegger, a reflexão filosófica sobre a arte sempre foi estética, como ele afirma nesta passagem de "Seis fatos fundamentais a partir da história da estética":

> O título "estética", usado para definir a meditação sobre a arte e o belo, é recente e remonta ao século XVIII. No entanto, a coisa mesma que é denominada de maneira precisa pelo nome, o modo de questionamento da arte e do belo a partir do estado sentimental daquele que frui e daquele que produz, é antiga: tão antiga quanto a meditação sobre a arte e sobre o belo no interior do pensamento ocidental. A meditação filosófica quanto à essência da arte e do belo já *começa* como estética (HEIDEGGER, 2007, p. 73).

Tal afirmação é matizada, no entanto, num ensaio que compõe a coletânea *Holzwege*, a mesma em que foi publicada

A origem da obra de arte. No ensaio que se segue a este no livro, *O tempo da imagem no mundo,* Heidegger parece se referir ao surgimento da estética e ao deslocamento da arte para o âmbito da estética como um dos fenômenos fundamentais que distinguem essa era de outras e através dos quais se deixa reconhecer a modernidade. Diz ele:

> Um terceiro fenômeno igualmente essencial da modernidade está no processo de a arte se deslocar para o âmbito da estética. Isso significa que a obra de arte se torna objeto de vivência e, consequentemente, a arte vale como expressão da vida do homem (HEIDEGGER, 2002, p. 97).

Pouco importa, no entanto, que a estética seja considerada moderna (como também Agamben parece entendê-la em *O homem sem conteúdo*) ou tão antiga quanto a filosofia. O importante é que a palavra "estética", para Heidegger, diz sempre respeito ao "conhecimento do comportamento sensível, sensorial e afetivo, assim como disso por meio do que ele é determinado" (HEIDEGGER, 2007, p. 71). E no que diz respeito à arte, "estética é a consideração do estado sentimental do homem em sua relação com o belo, é consideração do belo na medida em que ele se encontra em ligação com o estado sentimental do homem" (HEIDEGGER, 2007, p. 72), seja ele um criador, seja um espectador. Este último aspecto fica totalmente claro na seguinte passagem de *Nietzsche I*:

> [...] a estética é, com isso, aquela meditação sobre a arte, junto à qual a relação sentimental do homem com o belo apresentado na arte fornece o âmbito normativo de determinação e de fundamentação: aquela meditação sobre a arte junto à qual esta permanece seu ponto de partida e sua finalidade. A relação com a arte e com suas produções que é pautada pelo sentimento pode ser tanto a relação do ato gerador quanto a relação da fruição e da receptividade (HEIDEGGER, 2007, p. 72).

Não há, portanto, para Heidegger nenhum privilégio "estético" a ser dado à relação da fruição e da receptividade. A relação do ato gerador, a seu ver, é tão estética quanto aquela. Percebemos, com isso, que o conceito de "estética" em Agamben é um amálgama dos conceitos de estética de Nietzsche e de Heidegger, sem ser idêntico a nenhum dos dois, mesmo que ele extraia de ambos os elementos fundamentais para a construção de seu próprio conceito de estética e para a sua reflexão em geral em *O homem sem conteúdo*. Agamben se mostra, nesse sentido, ao mesmo tempo heideggeriano e não heideggeriano, nietzschiano e não nietzschiano. De Heidegger, ele absorve a ideia de uma superação da estética (ausente em Nietzsche). Por outro lado, ele entende essa estética a ser superada como uma estética do espectador (ideia ausente em Heidegger). No decorrer de todo o livro, essas duas ideias definem o caminho. A ideia da superação da estética de Heidegger corre ao largo, como uma figura de fundo, à frente da qual a ideia de uma experiência criativa do artista dá a indicação do caminho a seguir. Por isso, em *O homem sem conteúdo*, Nietzsche é um autor muito mais citado do que Heidegger, mas não mais fundamental. Apenas a influência de Nietzsche é aí mais explícita que a de Heidegger. Talvez seja um modo de Agamben tomar certa distância de Heidegger, utilizando-se de Nietzsche, do mesmo modo como ele fará com Benjamin, mais tarde.

Outro ponto fundamental da diferença entre Agamben e Heidegger no modo de compreensão da proposta de Nietzsche em *Genealogia da moral* é que, enquanto Agamben encampa totalmente a ideia nietzschiana de uma superação da definição kantiana do belo como prazer desinteressado, Heidegger irá criticá-la. Por isso, o item que se segue a "Seis fatos fundamentais a partir da história da estética", em *Nietzsche I*, tem precisamente o título "A doutrina kantiana do belo. Sua interpretação equivocada por meio de Schopenhauer e de Nietzsche". Todo o esforço de Heidegger, nesse trecho de *Nietzsche I*, consiste em tentar demonstrar que a afirmação de Nietzsche (de que "desde Kant, todo discurso sobre a arte, a beleza, o conhecimento, a sabedoria está manchado e enlameado pelo conceito 'desprovido de interesse'") só é compreensível a partir da "falsa interpretação schopenhaueriana de Kant". Para Heidegger, "se, ao invés de se entregar confiantemente à condução de Schopenhauer, Nietzsche tivesse consultado o próprio Kant, então teria precisado reconhecer que somente Kant concebeu o essencial do que ele à sua maneira quis ver compreendido como o decisivo no belo" (HEIDEGGER, 2007, p. 101).

Agamben, ao se deter na passagem de *Genealogia da moral,* não entra no mérito, como o faz Heidegger (tentando salvar Kant), da questão de saber se Kant estava certo ou não. Agamben não polemiza com Kant: não o critica nem tenta salvá-lo. Quando vier a se deter no texto da *Crítica do juízo* (referência tanto da crítica de Nietzsche quanto da defesa de Heidegger) o fará para discutir não a questão do desinteresse, mas a questão do juízo estético.

Agamben trata da *Crítica do juízo* de Kant no quinto capítulo de *O homem sem conteúdo,* intitulado "Les jugements sur la poésie ont plus de valeur que la poésie", na verdade uma frase de Lautréamont. Mas nesse capítulo não é a questão do desinteresse que o ocupa, o que demonstra claramente que, no momento do livro em que discute com Kant, Agamben não se deixa guiar nem por Nietzsche, nem por Heidegger, embora, de certo modo, possamos suspeitar da possibilidade de que ele tenha recebido de Heidegger uma indicação fundamental em sua análise. Com efeito, Heidegger, em *Nietzsche I,* chama a atenção para o fato de que a interpretação equivocada da doutrina kantiana do "deleite desprovido de interesse" consiste em um duplo erro, sendo o primeiro deles a não observância de que a definição kantiana "já indica, na própria estrutura linguística de maneira suficientemente clara o seu caráter negativo" (Heidegger, 2007, p. 100).

É justamente esse caráter negativo que as determinações da beleza assumem em Kant que, segundo Agamben, deve nos surpreender. Diz ele:

> Se nos detivermos agora por alguns instantes na meditação mais coerente que o ocidente possui sobre o juízo estético, isto é, sobre a *Crítica do juízo*, de Kant, o que nos surpreende não é tanto que o problema do belo seja apresentado exclusivamente sob a perspectiva do juízo estético – o que é, antes, perfeitamente natural – mas que as determinações da beleza sejam definidas no juízo de modo puramente negativo (Agamben, 2012, p. 77).

Agamben chega à *Crítica do juízo* perseguindo não a ideia de desinteresse, mas a noção de juízo estético. Ou seja, o que o leva a Kant não é a crítica de Nietzsche à noção de desinteresse, mas a crítica de Nietzsche à estética do espectador, na medida em que, para Agamben, o juízo estético é exercido pelo espectador, e não pelo artista. Como ele afirma no capítulo quarto de *O homem sem conteúdo*:

> [...] tudo aquilo que o espectador pode encontrar na obra de arte é, agora, mediado pela representação estética, que é, ela própria, independentemente de qualquer conteúdo, o valor supremo e a verdade mais íntima que explica a sua potência na própria obra e a partir da própria obra (Agamben, 2012, p. 70).

Agamben mostra, nesse capítulo – que é, a seu modo, uma arqueologia dos museus e das coleções de arte –, que é a partir da perspectiva do juízo estético que o *Museum Theatrum* se torna o *topos ouranios* da arte. Lautréamont, ao afirmar que "juízos sobre a poesia têm mais valor que a poesia", teria levado, segundo Agamben, "às extremas consequências a perspectiva do juízo estético" (Agamben, 2012,

p. 72). Após uma arqueologia da noção de *gosto*, realizada no terceiro capítulo de *O homem sem conteúdo*, intitulado "O homem de gosto e a dialética da dilaceração", que parte de La Bruyère, passando pelo Rameau de Diderot e sua interpretação na *Fenomenologia do espírito* de Hegel, até chegar à frase de Lautréamont, Agamben vai em busca da *Crítica do juízo* tentando responder à pergunta (que nem Heidegger, nem Nietzsche fizeram): "*qual é o fundamento do juízo estético?*" (AGAMBEN, 2012, p. 72).

Mas, ao analisar os quatro caracteres da beleza enquanto objeto do juízo estético descritos por Kant nos parágrafos 5, 6, 17 e 22 da *Crítica do juízo* "(isto é, prazer sem interesse, universalidade sem conceito, finalidade sem fim, normalidade sem norma)", Agamben acaba retornando a uma posição nietzschiana, ao observar que, frente a esses quatro caracteres marcados por seu caráter negativo, "não podemos nos privar de pensar naquilo que Nietzsche, polemizando contra o longo erro da metafísica, escrevia no *Crepúsculo dos ídolos*, isto é, que 'os signos distintivos que foram dados para a verdadeira essência das coisas são os signos característicos do não ser, do *nada*'" (AGAMBEN, 2012, p. 78). Tal afirmação, de algum modo, retoma algo que Agamben já havia dito, ao final do terceiro capítulo de *O homem sem conteúdo*, sobre "O homem de gosto e a dialética da dilaceração", e, mais uma vez, fazendo referência não só a Heidegger, mas a um texto de Heidegger sobre Nietzsche. Ele diz: "O exame do gosto estético nos leva, assim, a nos perguntarmos se não existe talvez algum tipo de nexo entre o destino da arte e o surgimento daquele niilismo que, segundo as palavras de Heidegger, não é de modo algum um movimento histórico ao lado de outros, mas 'pensado na sua essência, é o movimento fundamental da História do Ocidente'" (AGAMBEN, 2012, p. 56). Trata-se, mais uma vez, de uma citação de um ensaio de Heidegger, "A palavra de Nietzsche 'Deus morreu'".

Para Agamben, portanto, a discussão com Kant e a sua *Crítica do juízo* não se desenvolve no âmbito de uma discussão sobre a questão do desinteresse, mas no âmbito disso que, tanto para Heidegger quanto para Nietzsche (e para o Nietzsche lido por Heidegger), se coloca como aquilo que caracteriza do destino do Ocidente, aí incluído o da arte: o niilismo.

Apesar disso, a questão do desinteresse, apontada por Nietzsche em sua crítica a Kant e associada à questão de uma destruição da estética do espectador, funciona, para Agamben, como o verdadeiro ponto de partida do livro, mesmo que misturada à ideia heideggeriana de uma destruição da estética enquanto tal.

Assim, verificamos que na oposição proposta por Nietzsche, na mesma passagem de *Genealogia da moral*, entre a ideia kantiana de beleza desinteressada e a definição proposta por Stendhal da beleza como *uma promessa de felicidade*, Agamben vê uma inversão da perspectiva tradicional sobre a obra de arte: "a dimensão da esteticidade – a apreensão sensível do objeto belo da parte do espectador – cede o lugar à experiência criativa do artista, que vê na própria obra apenas *une promesse de bonheur*" (AGAMBEN, 2012, p. 18). E apesar de Nietzsche afirmar na passagem, como conclusão de seu argumento, que "Pigmalião, não era um homem *inestético*", Agamben entende Pigmalião como o símbolo dessa inversão da perspectiva tradicional sobre a obra de arte e, portanto, da dimensão da esteticidade. Diz ele:

> Pigmaleão, o escultor que se inflama pela própria criação até desejar que ela não pertença mais à arte, mas à vida, é o símbolo dessa rotação da ideia de beleza desinteressada, como denominador da arte, àquela de felicidade, isto é, à ideia de um ilimitado crescimento e potenciação dos valores vitais, enquanto o ponto focal da reflexão sobre a arte se desloca do espectador desinteressado para o artista interessado (AGAMBEN, 2012, p. 18-19).

Pouco importa se essa rotação é entendida heideggerianamente por Agamben, mas não por Nietzsche, como uma superação da estética. O fato é que essa superação da estética é entendida nietzscheanamente por Agamben como uma superação da estética do espectador. E é nesse sentido que ele irá buscar nas palavras de Nietzsche uma "profecia" sobre o que escreverão os artistas sobre a arte, seja no tempo de Nietzsche, ou até mesmo um pouco antes, seja nos anos que se seguirão às palavras de Nietzsche. Assim é que Agamben se serve tanto da ideia de uma arte dos artistas como da ideia de uma arte interessada, associando-as, como o faz Nietzsche, para ler o que disseram sobre a arte Artaud, Musil, Baudelaire, Rilke, Hölderlin, Valéry, Gottfried Benn, Thomas Mann, Rimbaud, Van Gogh, Edgar Allan Poe e o próprio Nietzsche, que, no prefácio da *Gaia ciência*, afirma: "Ah, se vós pudésseis entender de verdade por que precisamente nós temos necessidade da arte..." mas "uma outra arte... uma arte para artistas, somente para artistas" (*apud* AGAMBEN, 2012, p. 26).

Tal atitude de Agamben lhe serve, num primeiro momento, para mostrar, a partir de Nietzsche, bem como a partir de Artaud, que a ideia de uma arte desinteressada era totalmente estranha ao mundo antigo e medieval. E, nesse sentido, tanto Artaud como Nietzsche viram, nas críticas à arte feitas seja por Santo Agostinho, seja por Platão, um reconhecimento do poder da arte sobre a alma "que tem muito pouco a ver com o desinteresse e com a fruição estética" (AGAMBEN, 2012, p. 22).

Mas, num segundo momento, a mesma ideia "profética" de Nietzsche serve a Agamben para mostrar algo que parece ir na direção contrária àquela profetizada por Nietzsche. Isto é, em lugar da "promessa de felicidade" que ele encontra na definição de Stendhal, Agamben descobrirá, nas palavras dos artistas que se manifestaram sobre a experiência que eles têm da arte, não uma "promessa de felicidade", mas "a coisa mais inquietante". Partindo de uma expressão que Platão usa quando quer definir os efeitos da imaginação inspirada do artista, a de "terror divino" (θεῖοςφοβός), Agamben afirma que essa expressão, que "nos parece indubitavelmente pouco adequada para definir a nossa reação de espectador benevolente, [...] se encontra, no entanto, sempre com mais frequência, a partir de um certo momento, nas notas nas quais os artistas modernos buscam fixar a sua experiência da arte" (AGAMBEN, 2012, p. 23).

Há, aqui, da parte de Agamben, um diagnóstico que, embora tome como ponto de partida a ideia nietzschiana de uma dissimetria entre a experiência do espectador e a do artista, vai muito além dela, e deve, nesse caso, ser totalmente atribuída a Agamben. É a ideia seguinte:

> Parece, de fato, que, paralelamente ao processo através do qual o espectador se insinua no conceito de "arte" para confiná-la no τόπος οὐράνιος da esteticidade, do ponto de vista do artista assistimos a um processo oposto. A arte – para aquele que a cria – torna-se uma experiência cada vez mais inquietante, a respeito da qual falar de interesse é, para dizer o mínimo, um eufemismo, porque aquilo que está em jogo não parece ser de modo algum a produção de uma obra bela, mas a vida ou a morte do autor ou, ao menos, a sua saúde espiritual. À crescente inocência da experiência do espectador frente ao objeto belo, corresponde a crescente periculosidade da experiência do artista, para o qual a *promesse de bonheur* da arte torna-se o veneno que contamina e destrói a sua existência (AGAMBEN, 2012, p. 23).

São testemunhos dessa mudança, para Agamben, o que dizem da sua experiência da arte tanto Baudelaire quanto Hölderlin, assim como Van Gogh e Rilke, para ficar nos exemplos de que ele se serve. Mas o exemplo mais radical dessa mudança e de sua consequência, segundo Agamben, talvez esteja em Rimbaud, que, também ele, tinha se proposto uma definição da arte semelhante à *"promesse de bonheur"* de

Stendhal que Nietzsche tanto valorizava. Rimbaud fala de *"la magique étude du bonheur"*. Esta, no entanto, como mostra Agamben, o conduziu não à felicidade, mas ao Terror. Não à literatura, mas ao silêncio:

> Mas o que produziu essa viagem para além da literatura, senão signos frente a cujo não sentido nós nos interrogamos, precisamente porque sentimos que, neles, nós nos aproximamos, até o fundo, do destino da literatura? Ao Terror que quer de fato reduzir-se à sua coerência única, resta apenas o gesto de Rimbaud, com o qual, como disse Mallarmé, ele se operou em vida da poesia [*il s'opéra vivant de la poesie*]. Mas, também nesse seu movimento extremo, o paradoxo do Terror permanece presente. O que é, de fato, o mistério Rimbaud senão o ponto em que a literatura se une ao seu oposto, isto é, o silêncio? A glória de Rimbaud não se divide talvez, como observou corretamente Blanchot, entre os poemas que ele escreveu e aqueles que ele se recusou a escrever? (AGAMBEN, 2012, p. 32-33).

Aqui nos aproximamos, talvez, de uma das ideias mais originais de *O homem sem conteúdo*. A ideia de que a entrada da arte no campo da estética teve consequências não só para os espectadores, como para os próprios artistas e para as obras de arte em geral. Não seria esta última chave de compreensão muito mais contemporânea das obras de arte com as quais nós lidamos hoje do que aquela que nos chega através de Nietzsche e de Heidegger? Nesse sentido, embora parta sobretudo desses autores, não é, na verdade, a sensibilidade contemporânea de Agamben que lhe permite, partindo do pensamento de Nietzsche e Heidegger, nos levar muito mais longe e muito mais perto do que hoje encontramos como a experiência da arte em nossos dias? Em última instância, sua conclusão é a de que o juízo estético e o prazer desinteressado do espectador nos conduziram ao Terror na arte, e, nesse sentido, poderíamos afirmar, a partir dele, que todos os artistas do presente, pelo menos aqueles que não caíram num formalismo retórico vazio, se tornaram Terroristas.

Referências

AGAMBEN, Giorgio. *O homem sem conteúdo*. Tradução de Cláudio Oliveira. Belo Horizonte: Autêntica, 2012.

HEIDEGGER, Martin. *Caminhos de floresta*. Coordenação científica da edição e tradução de Irene Borges-Duarte. Lisboa: Fundação Calouste Gulbenkian, 2002.

HEIDEGGER, Martin. *Nietzsche*. Tradução de Marco Antônio Casanova. Rio de Janeiro: Forense Universitária, 2007. v. 1.

NIETZSCHE, Friedrich. *A vontade de poder*. Tradução de Marcos Sinésio Pereira Fernandes e Francisco José Dias de Moraes. Rio de Janeiro: Contraponto, 2008.

Coleção FILÔ

Gilson Iannini

A filosofia nasce de um gesto. Um gesto, em primeiro lugar, de afastamento em relação a certa figura do saber, a que os gregos denominavam *sophia*. Ela nasce, a cada vez, da recusa de um saber caracterizado por uma espécie de acesso privilegiado a uma verdade revelada, imediata, íntima, mas de todo modo destinada a alguns poucos. Contra esse tipo de apropriação e de privatização do saber e da verdade, opõe-se a *philia*: amizade, mas também, por extensão, amor, paixão, desejo. Em uma palavra: Filô.

Pois o filósofo é, antes de tudo, um *amante* do saber, e não propriamente um sábio. À sua espreita, o risco sempre iminente é justamente o de se esquecer daquele gesto. Quantas vezes essa *philia* se diluiu no tecnicismo de uma disciplina meramente acadêmica e, até certo ponto, inofensiva? Por isso, aquele gesto precisa ser refeito a cada vez que o pensamento se lança numa nova aventura, a cada novo lance de dados. Na verdade, cada filosofia precisa constantemente renovar, à sua maneira, o gesto de distanciamento de si chamado *philia*.

A coleção FILÔ aposta nessa filosofia inquieta, que interroga o presente e suas certezas, que sabe que as fronteiras da filosofia são muitas vezes permeáveis, quando não incertas. Pois a história da filosofia pode ser vista como a história da delimitação recíproca do domínio da racionalidade filosófica em relação a outros campos, como a poesia e a literatura, a prática política e os modos de subjetivação, a lógica e a ciência, as artes e as humanidades.

A coleção aposta também na publicação de autores e textos que se arriscam a pensar os desafios da atualidade. Isso porque é preciso manter a verve que anima o esforço de pensar filosoficamente o presente e seus desafios. Nesse sentido, a inauguração da série Agamben, dirigida por Cláudio Oliveira, é concretização desse projeto. Pois Agamben é o pensador que, na atualidade, melhor traduz em ato tais apostas.

Série FILÔ Agamben

Cláudio Oliveira

Embora tenha começado a publicar no início dos anos 1970, o pensamento de Giorgio Agamben já não se enquadra mais nas divisões que marcaram a filosofia do século XX. Nele encontramos tradições muito diversas que se mantiveram separadas no século passado, o que nos faz crer que seu pensamento seja uma das primeiras formulações filosóficas do século XXI. Heidegger, Benjamin, Aby Warburg, Foucault e tantos outros autores que definiram correntes diversas de pensamento durante o século XX são apenas elementos de uma rede intrincada de referências que o próprio Agamben vai construindo para montar seu próprio pensamento. Sua obra é contemporânea de autores (como Alain Badiou, Slavoj Žižek ou Peter Sloterdijk) que, como ele, tendo começado a publicar ainda no século passado, dão mostra, no entanto, de estarem mais interessados no que o pensamento tem a dizer neste início do século XXI, para além das diferenças, divisões e equívocos que marcaram o anterior.

Uma das primeiras impressões que a obra de Agamben nos provoca é uma clara sensibilidade para a questão da escrita filosófica. O caráter eminentemente poético de vários de seus livros e ensaios é constitutivo da questão, por ele colocada em seus primeiros livros (sobretudo em *Estâncias*, publicado no final da década de 1970), sobre a separação entre poesia e filosofia, que ele entende como um dos acontecimentos mais traumáticos do pensamento ocidental. Um filósofo amigo de poetas, Agamben tenta escrever uma filosofia amiga da poesia, o que deu o tom de suas principais obras até o início da década de 1990. A tetralogia *Homo Sacer*, que tem início com a publicação de *O poder soberano e a vida nua*, na Itália, em 1995, e que segue até hoje (após a publicação, até agora, de oito livros, divididos em quatro volumes), foi entendida por muitos como uma mudança de rota, em direção à discussão política. O que é um erro e uma incompreensão. Desde o primeiro livro, *O homem sem conteúdo*, a discusão com a arte em geral e com a literatura e a poesia em particular é sempre situada dentro de uma discussão que é política e na qual o que está em jogo, em última instância, é o destino do mundo ocidental e, agora também, planetário.

Aqui vale ressaltar que essa discussão política também demarca uma novidade em relação àquelas desenvolvidas nos séculos XIX e XX. Como seus contemporâneos, Agamben coloca o tema da política em novos termos, mesmo que para tanto tenha que fazer, inspirando-se no método de Foucault, uma verdadeira arqueologia de campos do saber até então não devidamente explorados, como a teologia e o direito. Esta é, aliás, outra marca forte do pensamento de Agamben: a multiplicidade de campos do saber que são acionados em seu pensamento. Direito, teologia, linguística, gramática histórica, antropologia, sociologia, ciência política, iconografia e psicanálise vêm se juntar à filosofia e à literatura, como às outras artes em geral, dentre elas o cinema, para dar conta de questões contemporâneas que o filósofo italiano entende encontrar em todos esses campos do saber.

Ao dar início a uma série dedicada a Agamben, a Autêntica Editora acredita estar contribuindo para tornar o público brasileiro contemporâneo dessas discussões, seguindo, nisso, o esforço de outras editoras nacionais que publicaram outras obras do filósofo italiano anteriormente. A extensão da obra de Agamben, no entanto, faz com que vários de seus livros permaneçam inéditos no Brasil. Mas, com seu esforço atual de publicar livros de vários períodos diferentes da obra de Giorgio Agamben, a Autêntica pretende diminuir essa lacuna e contribuir para que os estudos em torno dos trabalhos do filósofo se expandam no país, atingindo um público ampliado, interessado nas questões filosóficas contemporâneas.

Este livro foi composto com tipografia Bembo e impresso
em papel Pólen Bold 70 g/m² na Gráfica Kunst.